AQUARIUS

AQUARIUS

AQUARIUS

AQUARIUS

每個人心中都有一座島嶼，
藉文字呼息而靜謐，
Island，我們心靈的岸。

Reckless Driving

九歲時，我殺了愛

霍華·布登（Howard Buten）◎著　殷麗君◎譯

序曲

比得不到夢中情人更糟糕的，是你真的得到她。曼哈先生同意這個說法。

他是我今天五點的病人。我之所以讓蘇珊將他安排在五點，是因為他的古龍水味道不錯，但是太濃了。我的辦公室很小。

經過三年的治療後，曼哈先生堅信他之所以把自己搞得這麼香噴噴的，是因為他的母親。他的前一位心理醫生是個佛洛伊德學派，因此無論我怎麼告訴他這不是戀母情結，他都不肯相信。不過他一個小時花六十塊美金的診療費，他說了算。

曼哈先生是個無可救藥的浪漫主義者。他說這是他的精神官能症，和他搽古龍水的毛病一樣，都是源自於童年時太晚開始訓練如廁的習慣，他是這麼認為的。我告訴他榮格一直到十三歲都還包尿布，他嚇了一跳。這不是真的，但這個謊言讓他覺得好過一些。我那天心情不太好，他搽的是輕舟牌（Canoe）的古龍水，引發了我一些糟糕的回憶。

曼哈先生曾經和他高中時的戀人訂婚，但就在婚禮前一個星期，他取消了婚約，搬進一個他在自助洗衣店認識的女人家裡。他的行為遭到雙方家庭的嚴厲譴責，而他無法提出任何合理的解釋，只說那女人是他親眼見過最美的一個。他說他之前曾在夢裡遇見過她。

雖然她在床上的表現很冷淡，但他還是感覺到前所未有的興奮。她的性冷感和美貌同樣讓他讚賞不已。他扭捏不安地承認，他自己也知道這樣的理由是短暫而淺薄的。那女人是個笨蛋。他花了四個月的時間，想讓她浸染一些知性和靈性，但過了一陣子後，狀況變得非常恐怖。

他的未婚妻將他拎回家，然後他們結婚了，條件是他必須去做精神分析治療。那位佛洛伊德學派的醫生告訴他，他是利用「美」來搧他母親——他的妻子——耳光，報復她讓他在四歲時拉屎在自己的褲子上。

他們有了一個孩子。夫妻的關係越變越好。他升官成了分區經理，負責創意行銷。他說加蛋滿福堡就是來自他的發想。

在他妻子再度懷孕的期間，他搭機前往芝加哥參加全國食品業協會的一個講習，結果與理事長的女兒談了戀愛。她非常非常胖，他是被她的內在所吸引。兩人是在討論防腐劑時陷入愛河的。她是唯一能讓他笑到吐的女人，雖然她的肉體並不吸引他，但她的敏感和後續來信中表現出的洞察力，擄獲了他的想像。

寶寶一誕生，他就將這段外遇告訴他的妻子。她原諒了他，並且讓他換看另一位心理治療師，也就是我。

曼哈先生今天搽的古龍水是「粗獷」（Brut），組成字母和我的名字一樣，只是排列順序不同。我不愉快的記憶又被勾起，不過，我還是繼續聽他講，這是我的工作。

「我還是愛她。」他說，指的是那位食品業協會理事長的女兒。「但我下定決心要留在蘿貝塔和孩子身邊，這是我的責任。」

「曼哈先生，你覺得蘿貝塔怎麼樣？」

他停頓了一會，然後像小樹那樣扁了扁嘴，青蛙嘴。「蘿貝塔怎麼樣？她……就是蘿貝塔啊，她是我孩子的媽。」

電話鈴響，我接了起來。

她劈頭就說：

「我當時剛好從『小凱薩披薩』走出來，幫一個正要走進門的小個子男人扶住門，但手滑掉了，你也知道他們的『羅馬小皇帝』有多油膩，結果門打中他的鼻子。我覺得好丟臉，但他只是微微一笑，用細細尖尖的聲音說：『別擔心，小姐，我被很多比這還重的門打過臉，我習慣了。』這真是……天啊，我一定得打電話來告訴你這件事，哈維根本不懂──你在忙嗎？」

「嗯……」

「好吧，我得掛了，親愛的。再見。」

曼哈先生已經在一旁開始編織起來，他發現這種瑣務可以幫助他在緊張時穩定下來。他沒理我，或者正試圖讓自己看起來像是不在意我。

「對不起，曼哈先生，」我說：「我們剛說到哪裡了？」

「我──」

電話鈴又響，我接起來。

「再說一件事就好，」她說：「對不起，但真的非說不可。哈維有一個多倫多來的朋友，他有小兒麻痺症，你知道的，就是兩條腿不一樣粗。所以我跟他說：『你在鞋子上的開銷一定很大，每次都要買兩雙鞋。』結果他告訴我，他在四年前遇到一個人——無意間碰到的——腳的尺寸跟他一模一樣，只不過剛好左右相反。所以他們現在都各自買一雙鞋，然後給對方另一——」

「潔西卡——」

「我要掛了，親愛的，真的。晚點打給我。哈維星期四會出城去。」

我掛上電話。曼哈先生已經停下了手上的編織工作，正同情地看著我。我盯著攤開在今天的預約行事曆，忍不住想查看星期四的行程，或者星期五……她沒有說他要出門多久？

「你看起來很激動。」曼哈先生說：「別擔心，我認識一位很棒的精神科醫生，我可以給你他的電話。他通常五點有空。」

「曼哈先生，談談蘿貝塔吧？」

我最近在行為精神病學期刊上看過一篇論文，其中肯定地解讀了說話時眼球運動所代表的意義。橫向移動代表了猶豫，向上表示否定，向下表示說的是實話，眨眼則表示在說謊。他直直地看著我。

「藍布朗醫生，你要我說什麼呢？說我瘋狂地愛她嗎？」

「叫我小波。你瘋狂地愛她嗎？」

「對不起，小波。我沒有。」

「那你就不用這麼說。」

小樹高中畢業時，他母親送給他一瓶「粗獷」古龍水。他搽得全身香噴噴的，跟在向來對他不理不睬的貝絲後面轉。結果原來他根本沒開口約過她。後來克勞蒂亞．舒曼帶他去參加舞會，他在龐帝克❶轎車裡狂灌摩根．大衛❷，喝到醉茫茫的，然後在大廳的噴水池邊堵到貝絲。她的舞伴正好被她遣去找指甲油的去光水了。他努力想向她傾訴心中的愛意，結果脫口而出的卻是：「現在什麼時候了？」「是你該自我控制一下的時候了。」貝絲對他說：「學著有點責任感吧。」於是他回到龐帝克轎車裡，向克勞蒂亞．舒曼求了婚。第二天早上他發現自己幹的好事，但還是決定要負起責任和她結婚。好險，她最後搬去中部了。

「蘿貝塔……讓人感覺很安心。」曼哈先生說：「不過這我們以前就討論過了，你說這是所謂的舊鞋理論。」

「蘿貝塔到底怎樣，曼哈先生？」我大喝道。

在完形心理學❸當道的年代，會使用壓迫對立來作為治療技巧。現代的交流分析法則是塑造隨興、輕鬆的氣氛。在八〇年代，我們在「叫我名字、別叫醫生」派的心理治療學校裡，學習到的是一套全新的自我價值，以及對「藍十字」醫療保險制度的信任，而那套制度在水門案後嚴重崩塌，現在早已被我們拋諸腦後。

曼哈先生目光飄向一邊說：「我愛蘿貝塔，但我對她沒有深陷愛河的感覺。」

「這你以前說過了，」我說：「不過很好。繼續。」

他開始敘述她在床上的習慣，但我沒認真聽。

深陷愛河。我很好奇一開始是誰發明這種說法的，大概是某個詩人或外國人吧。

「曼哈先生，」我突兀地打斷他：「夫妻關係是一套雙方需求相互呼應的系統。我想你應該檢視一下自己的需求。下個星期前，我希望你列出一張表，實際寫在紙上，寫下你對女人的需求是什麼。然後再列一張表，寫出你對女人的渴望是什麼。需求十分，渴望六分，如果比較接近需求但同時也是渴望的，就算八或九分。下個星期我們來逐項檢視，看看這段婚姻關係提供了你什麼。這樣我們就能看出問題出在哪裡，並且測試可能的解決辦

❶ Pondiac，美國汽車品牌。
❷ Mogan David，美葡萄酒廠名。
❸ Gestalt，亦稱「格式塔心理學」，是探討人類對於圖像的認知反應的一種學說，與於二十世紀初的德國，主張心智、人腦的運作是平行、整體的。

法。心理治療就是這麼回事。」

再過幾天，曼哈先生將會把自己的一生寫在紙上，很快地他將因為我的幫助，學會對自己的人生負起責任。

他離開後，我看過蘇珊記下的留言訊息，再打了通電話給辦公室服務公司，便穿上我的駝毛外套回家去了。

今晚是帳單日。所有的帳單我都整齊地堆在一個帳單專用的字紙簍裡。我有好幾張信用卡，還有數個賒帳戶頭。只要一收到嚇人的帳單信件，我就直接放進這個字紙簍裡，直到我確定自己有能力支付時才去處理。今天晚上，我備妥支票簿、郵票、算盤和特製尖細墨水滾珠筆，準備親手來耗盡我僅剩的財產。

房間另一頭，電話答錄機上的紅燈亮著。自從我將自己的電話號碼登錄在電話簿之後，就常在家裡接到病患的來電。他們有時會碰上麻煩，我希望他們可以聯絡得上我。有一次，我在一天之內就預防了兩個自殺的案例。

是小樹的來電。他正要帶孩子去可波體育館看「芝麻街大遊行」，打電話來問我想不想一起去。

我說我和五二委員會有連續兩個會議要開，因為他們的資金審查很可能會過關。凱蒂接過電話，問我星期六要不要去吃晚餐，她會叫中國菜。她說現在伯特倫在幼稚園裡很愛說話，菲利普昨天在必勝客說了「亞達利」❹，這是他學會說的第一個字。

我告訴她，我星期六會盡可能過去。

「太好了，小波，歡迎攜伴喔。」

「謝啦，不過我沒伴可帶啊。」

「你可以帶那位……是叫喬安娜嗎？」

「是喬安。不了……」

「肯尼和我都覺得她很好。聰明、可愛，而且——」

「她是很好。但是過去式了。」

有些答錄機上的紅燈會閃爍，提示你來電留言的數量，但我的機器不會閃。如果我說回到家時看到紅燈亮著，並沒有振奮的感覺，那我就是在騙人。因為紅燈亮，就證明有人認為我還活著。

我是活著的。不過，在巡迴診療服務時，有位患者曾告訴我，人在沒有嘗過死亡的滋味前，不會知道自己是活著的。我問他是否知道死亡是什麼，他說他在越南時曾經短暫地死亡過，但又被醫生救了回來，從那之後他就瘋了。他說我沒辦法幫助他，因為我不知道

❹ Atari，美國電動遊戲機品牌名，一九七七年推出的遊戲機，廣受歡迎。

發瘋是怎麼回事，被關進瘋人院又是什麼感覺。我告訴他我知道。發瘋就像是邊開車邊睡著。你在睡的同時，僅存的清醒神智還告訴自己不要睡著。你還是你，但又不是你。我告訴他，他之所以會發瘋，是因為他很憤怒人們不准他死。他反駁說，他沒有自殺傾向。我告訴他，死和自殺不一樣，還有如果嬰兒在出生那一刻就死亡，生小孩的人並不算殺人。他謝過我之後就回家了。我沒有對他說出口的是，其實我太了解在瘋人院裡的感受，還有——我每次打電話給潔西卡，就等於在要求別人來殺了我。

我的墨水滾珠細字筆乾了，因此我決定聽聽答錄機的留言。

第一則留言是大都會少年中心打來的，他們剛收進一名犯了強暴罪的小男孩。他現在九歲。

第二則留言是蘇珊打來的。該付給她保險津貼了。

接著的留言是潔西卡。我聽了兩次。她說，發生一些事，這個月不能見我了。要我打電話給她。

下一則留言——電話響了。

「嗨。」

「嗨。」

「你好嗎？」

「我不知道。」

「什麼——」

「妳說這個月不能見妳是什麼意思？我不——」

「親愛的，聽我解釋。哈維要去紐奧良，他要我跟他一起去。還記得你總是說我們應該去紐奧良嗎？我真希望是和你一起去，哈維真的很煩人，可是……到時等我回來，一定會被一堆延遲的工作搞瘋。你也知道我會變成什麼樣子。我希望見到你的時候，我是完全自由的，這樣我才能全心和你在一起。如果我陷入一團混亂，我就會……你說那叫什麼來著？」

「抽風。」

「我喜歡這種說法，形容得太貼切了。要是我抽風，那我們在一起不會真正的開心。親愛的，下個月就會輕鬆得多，真的。或許我們可以到哪裡去玩玩。還記得你常說我們應該到北部去嗎？」

「哈維怎麼樣？」

「你知道的，小波，我根本懶得理他。啊，我得掛了。我愛你，再打電話給我。」

潔西卡告訴我，她在和哈維結婚時跟他說過，她唯一真正愛過的人是我，他說他了解。他認為我很好。她的前一任丈夫就無法理解。所以她才和他離婚，因為他不了解她為什麼愛我。哈維是個藝術經紀人，潔西卡是管理顧問，他們結婚至今六個月了。我對他們兩人謀生的職業一無所知。

我也不懂自己的工作。

下一則留言來自藍道爾・摩里斯，聲音聽起來不太平穩。他要取消最近的診約。我立刻回電給他。

「真的沒事，藍布朗醫生。」他說：「我只是本能地有點小情緒，你說這叫什麼來著？」

「小波，請叫我小波。這是抽風。」

「對，就是抽風。你知道，我女兒今晚從休士頓打電話來，她說希望我們以後別再通電話。要是我不認同她男朋友，就是不認同她，所以要是我不愛她，就別再打電話給她。她說她不愛我。我不介意。我的意思是，我可以理解。可是她是那麼……那麼冷靜。藍布朗醫生，她就像個機器一樣。她怎麼會以為我不愛她呢？我愛她勝過一切。我唯一僅有的就只有她了。」

「我知道。先冷靜下來，藍道爾。」

「她這樣說真的不公平。我之所以不贊成，正是因為我愛她。我只想要——」

「藍道爾，聽我說。我們無法對其他人的感覺負責，即便是自己的孩子。他們有什麼感覺，是他們的事。我知道這話很難聽得進去，但這是真的。另外還有一件事也是真的，巫師在騙人。」

「你說什麼？」

「巫師在騙人。」

「我不太懂……」

「在最後的時候。」

「藍布朗醫生，你還好嗎？」

「請叫我小波，我說過一百次了。」

「真的，我──」

「在最後的時候，他說：『重點不是你有多愛，而是你有多被愛。』他這樣對丁丁說──」

「真的很抱歉，藍布朗醫──小波，但我聽不懂你在說什麼。」

「我不是任何人的醫生。沒有人有權利稱自己為任何人的醫生。」

「聽著，我剛剛想到，星期二的三點鐘我應該沒辦法過去了，藍布朗醫生。我晚一點再和你聯絡……」

「他錯了，你有多愛才是重點。你不能期待任何人來愛你。當然，他們是有可能愛你，但同樣也有可能欺騙你，然後——」

我讓錄音帶繼續轉。留言訊息是滿的，有些是舊的留言。其中有幾則是潔西卡留的，是好幾個星期前我和喬安還在一起時留的。和喬安在一起時，我心裡想的只有：她不是潔西卡。

「再見，醫生。」

答錄機放完所有的留言後，自動停了下來。我不懂，有些東西怎麼會自己停下來。

我走進臥室，拿出我放在床底下的日記。這本日記我從九歲開始收著，已經二十一年了。我翻開第一頁，第一行寫著：「我不正常。」

我走回書桌前，靜靜坐了一會，恢復鎮定。我常建議病患，在緊張時可以進行一些日常瑣事來集中精神。我把字紙簍裡的帳單全倒到桌上，整理成兩堆，一堆是水電、房租，一堆是信用卡和銀行戶頭，然後轉開鋼筆蓋。

空氣有點悶，因此我打開房子正前方的大窗。走回書桌前，我按下答錄機的倒轉鍵，機器開始發出急速的嘰呱聲，像呼吸聲一樣暫時填補了滿室的寂靜。

我小心地拆開每一份帳單，扔掉信封，將帳單攤開夾在回郵信封的封口蓋裡。我依序一張張開好支票，然後乾淨俐落地將所有支票摺成一架架的紙飛機，從窗戶往外送。

即使錄音帶是倒著放，我還能認出潔西卡的聲音，真是太神奇了。

第一部

1

我不正常。我對潔西卡做了某件事，於是被送進醫院待了好長一段時間。其實只有一年，但我覺得好長，因為我才九歲。當你是小孩時，時間感覺過得很慢。我就是小孩。

我在那裡死掉了。我不是我，又有點是我。我問納維爾醫生，他說是我身體裡的那個小男孩死掉了，那個壞小孩，那個讓我把小雞雞放進潔西卡身體裡的小男孩死掉了。所以我可以出院。不過我有點困惑，我不懂人既然沒死怎麼可能又死掉了。我覺得納維爾醫生在說謊，魯狄亞也這麼認為，所以他被兒童託管中心開除了。

魯狄亞說：「小波，只有一個小男孩。」他說：「而且是個好小孩，他就是你。你打從一開始就不應該被送進這裡。你所做的一切，不過就是戀愛，並且去實踐證明罷了。你的罪來自於你是個小孩。」

可是納維爾醫生跟他說，要他別自以為自己分量有多重，可以隨便發表意見。「喔，不，納維爾醫生，」我說：「人不重，汽車比較重。」

但納維爾醫生很生氣，因為魯狄亞明明不是小孩，卻和我成了朋友。他說，小孩是棍子、蝸牛、小狗尾巴變的❺，可是他是說謊精，我知道他就是（我照過鏡子，裡面沒有蝸牛）。

納維爾醫生說，我和潔西卡做的那件事，讓我長大得太快了，但我不在乎，因為我已經很厭倦當小孩。如果能先變成大人，事情就容易多了。我的感覺就像是明明就會開車，還得乖乖當九歲的小孩（小樹就會開車。不過這是個祕密，不要告訴別人，否則他會被開罰單）。

車子嚇壞我了。我好怕它們。但我以後就不會怕了，因為我會像爸爸說的變成大男孩，要是潔西卡生病，我會開車送她去醫院，醫療保險會讓她痊癒（爸爸開車很厲害，可是媽媽就不太行，她從來不開上高速公路。爸爸說，她開車太魯莽了。他說所有女人開車都很魯莽。我想，要是潔西卡會開車的話，一定也很魯莽。她會出車禍，會把我害死）。

我從託管中心出院回家的那天，爸爸媽媽做了海報，上面寫著：

小波，歡迎回家！

---

❺出自《鵝媽媽童謠》。

他們以前也做過海報，是在我和傑佛瑞從阿提那卡夏令營回家的時候，海報上寫：

小波和小傑，歡迎回家！

結果，傑佛瑞氣瘋了，因為他明明比我大，可是名字卻排在我後面，所以他揍我。就因為這樣，我把他的名字從海報上撕掉，叫他可以把他的名字塞到屁眼裡，然後我就因為說髒話被罰到房間關禁閉。

這一次我看到海報很驚喜，因為是爸爸的筆跡。以往通常都是媽媽寫的。我在託管中心時，她會寫信給我，簽名是愛你的媽媽和爸爸，但其實是媽媽寫的。我看得出來是爸爸的字跡，因為他的字不會連在一起。爸爸寫的字看起來好像快要散開一樣。

「我們很開心你回家了，親愛的，」媽媽說：「你一定也很開心，對不對？」

我沒有說話。因為我不知道我是不是開心。我想念魯狄亞，他是我的朋友。我看著客廳，還是原來的地毯。我看了看海報後，往樓上走，走進我的房間，把門關上。

我的房間還是跟原來的一樣。床頭貼著同一張籃球員海報，那是我五歲時媽媽買的。說實話，我很討厭它。我覺得那海報很恐怖。有幾個穿著藍色短褲的男人高高跳起來，全身都是汗，其中有一個男人快要跌倒了，感覺一定會死掉的樣子。看來他們會被細菌感染，因為沒有消毒藥水。

我打開抽屜，裡面不一樣，東西都不對了。裡面有襪子，不過都是新的，上面還貼著標籤。襯衫也不一樣了，是傑佛瑞穿不下才給我的。那些襯衫醜死了，和貓王的不一樣。不過這裡，還留著一件我的舊襯衫，是我最喜歡的一件，上面有隻鱷魚，牠的名字叫艾力。我下課搞得全身髒兮兮時就會穿這件。有時候牠會把我吃掉，但通常我們會一起唱〈獵犬〉❻。我們超酷的。

我的房間有吸塵過，我看得出來。地板上有吸塵器經過留下的線條，我不喜歡，地毯感覺好像翹起來了。我站在地毯上，站了好一會都沒動。然後我開始繞圈子跑起來，我穿著鞋子像在發電一樣，在地毯上到處亂轉。我可以這樣做，是因為這是我的房間，要是在客廳裡這樣跑的話就會被處罰，因為這種行為像是印第安野人。不過這裡可是我的房間。我自己的房間。

接著晚餐時間到了。

「過去坐你的老位子吧，親愛的，」媽媽說：「靠著牆的位子，我們一直為你保留著呢。」

❻ Hound Dog，貓王的歌曲。

她努力想表現出親切的樣子，但她眨眼了。眨眼睛表示說謊。說謊加騙人。納維爾醫生就是這樣。他說：「我們特別為你預備了一間小房間，小波。」但我進到那個房間，裡面明明就還有一個和我一樣抓狂耍賴的小孩。我告訴納維爾醫生後，他說：「沒有人會像你一樣抓狂耍賴，小波。」他說完就笑了起來。所以我咬他。

晚餐我們吃的是肉丸義大利麵，是我最喜歡的。媽媽為了慶祝我從兒童託管中心回來特別做的，好吃又營養。我用肉丸排出一張臉，像是馬鈴薯頭先生，不過是用肉丸做的。他叫做肉丸頭先生，他說：「請不要吃我，小波。」

媽媽說：「這是我花了一整天煮的，因為我知道你最喜歡吃這個。你怎麼不吃呢？」

「俄亥俄州在哪裡？」我問。

「吃東西不要發出聲音。」爸爸對傑佛瑞說，他正把義大利麵吸得嘖嘖作響。

「怎麼了，小波？你不喜歡義義麵了嗎？」

「是義大利麵，媽。」我說：「小朋友才說義義麵。」

她說：「喔，對不起。」她說著向爸爸眨眨眼。

這時我聽到窗外傳來某種聲音。

「大衛，水管工人什麼時候才會來修理？」媽媽說：「壞這麼久了。聽起來好像有人大喊大叫後打嗝的聲音。」

「水管工人來過了，親愛的。」

「什麼，那怎麼沒修好呢？是水管的問題嗎？說實在的，不過就修個——」

聲音就來自我位子旁邊的窗外。窗簾是白色的，不過是可以看透過去的那種。我看見了，不是水管，是一個小男孩，是我最好的朋友——小樹。他一直站在廚房的窗邊等著。我不在的時候，每天晚餐時間他都會站在廚房外的窗邊等我回家。他怕錯過我。

我站起來。

「小波，你才剛坐下來……」媽媽說。

「親愛的。」爸爸看著她說。

「而且他沒說對不起就下桌了。」傑佛瑞說。

「給他點時間，」爸爸說：「他才第一天回來。」

我穿上外套，全靠自己把拉鍊拉上。這外套是正反兩面都可穿的，不過我很討厭另外一面，很噁心。然後我走了出去。

小樹就站在窗戶邊。他看見我了。我沒有說話，他也沒有說話。

我們都沒說話。

終於，他說：「我有一雙高筒的鞋，你看到沒？」他拉高褲腳給我看。「黑色的鞋，白色的鞋帶和橡膠邊。我本來以為那兩個圓圈會在內側，結果是在外側。」

「那是廣告。」我說：「有看到嗎？上面有名字，PF飛人❼。」

「喔，對耶。」小樹說：「我還以為這是避免腳踝互撞用的，可是偏偏又在外側。」

「是廣告。」

「喔，是喔。」

然後小樹打了一個嗝。他常常練習打嗝。他很會打嗝，這算是他的特技之一。

我送給他一塊糖果。小樹很愛糖果，他應該和糖果結婚。這是我離開兒童託管中心時拿到的，一塊淡紫色的糖。

他開始嚼那塊糖。其實不應該這樣吃糖的，會把牙齒弄碎（蘇比❽說，真心對牙好，就不需假牙來換，我不是很懂）。然後我們開始往外走。

經過房子旁邊時，我伸手拍拍我家的牆。它喜歡我，因為我住在它裡面。

小樹說，他覺得我快禿頭了，說著把包裝紙丟在車道上，這是不對的行為，因此我狠狠瞪著他。他把包裝紙撿起來，塞進口袋裡。他不管什麼東西都塞進口袋裡，口袋就像他的儲藏室一樣。

「為什麼？」我說。

「我只是這麼覺得。」他說。

天空是粉紅色的，我很喜歡。天上有灰色的雲，但是沒有那種下雨的雲。其中一朵雲是駱駝，他正要走到以色列去當猶太人。小樹把糖果吞下去了。糖果應該是要含著的，但小樹很沒耐心。我也是。爸爸常說，我總是希望事情在我還沒開口要之前就達成——但這是不可能的事，否則我就不會開口要了。

外面有很多小孩。他們看起來沒什麼變。我變了。我的褲子變太短，媽媽幫我放長，看起來有一道白線，我很討厭，討厭到想殺了它。我長大以後要有和貓王一樣的褲子，我自己付錢買。

莫提．南席克站在他家的門廊前。我說嗨，他說嗨，我們兩個都說嗨。

到了馬里翁．切森家很醜的房子前面，我坐到一根消防栓上。那是一個戴黃帽的小紅人，我坐在他頭上。

小樹說：「你還會繼續留在三年級嗎？」

「我不知道。」

「我可能會。」他說：「我被留級，但我媽去學校和寇斯提羅先生談過後，就讓我過了。可是我想到你會在三年級，所以我也想留下。我寫了一封信給寇斯提羅先生，但他退

❼ PF Flyers，美國經典帆布鞋品牌。

❽ Soupy，美國電視、廣播喜劇演員，一九二六－二○○九年。

回給我。耐森潔勒小姐不在了，我猜她應該是變成豬胖死了。」

小樹掏出一張紙，上面寫：

親愛的寇斯提羅先生：

你好嗎？我很好。對不起，我考試不及格。我媽媽說她為了說服你讓我升級，臉都丟光了，不過當她回到家時，她的臉還在。

如果你同意的話，我還是想留級，因為我剛剛發現自己是個智障。

肯尼．亞瑟．米契爾　敬上

小樹和我總是設法想待在同一班。一直是這樣。但我們從來沒成功過，因為我們是最好的朋友，在一起會有行為上的問題。而且他比我笨（不過他會開車）。

「沒有成功。」他說。

我坐在消防栓上。我在尋找俄亥俄州，但我不知道那在哪裡，所以我看著潔西卡住的馬爾洛街。小樹找到一塊石頭，但那不是真正的石頭，只是人行道剝落、破掉的水泥塊，在我們街區附近常常可以看到。小樹把它放進口袋裡。他不管什麼東西都塞進口袋。

他看著我，我沒有說話，因為我正在尋找俄亥俄州。

然後他說：「小波，你是神經病嗎？」

我看著他。

「馬提．波拉斯基說你是，」他說：「所以我瞪他，然後他揍了我一拳。不過，你是神經病嗎？」

我從沒看過人家使用消防栓。我猜應該需要用某種特殊工具才能用。小孩子用是違法的，因為他們會用來做水球。不過有一次發生了一件事，媽媽在燉牛腩，抹布著火了，她尖叫，我在樓上聽到後跑下樓。我把火滅了，我是用水球把火滅掉的。那水球我放在衣櫥裡有一年了，是放在房間裡準備搗亂用的。

「那個會傳染嗎？」小樹說。

「什麼？」

「神經病啊。」他說：「會傳染嗎？我也很想得。如果你有神經病，我也想要。」

我看著他。他真是我最好的朋友。最好的。

「俄亥俄州在哪裡？」我說。

2

在被送到託管中心之前，我在學校裡畫過一個告示板。那是在艾麗絲小姐的教室裡。艾麗絲小姐在老師之中算是非常漂亮的，但有時候我會生她的氣，因為她會嘲笑我，然後把我當小孩一樣講話。我正安靜地看《櫻桃街上》時，她會走到我桌子旁邊，用手摸摸我的頭髮，問我要不要當她的男朋友。我從來沒有回答，所以她給我打的成績是C。

告示板的主題是神話。我借用了《小讀者週刊》上其他人畫的一些神的圖片。那些神都有肌肉，和有披風的超人一樣（不過有時候他的臉太小了），艾麗絲小姐還讓我借用視聽教室的投影機，這對小孩子來說可是特別的待遇。我描了一些神。我喜歡他們，我覺得他們應該上電視，尤其在約翰．戴里❾鬧出那些新聞之後。

我畫在告示板上的神有：速度之神水星、戰神火星和地圖之神。艾麗絲小姐說我在開玩笑。她笑了大概有一小時，但我不懂她在笑什麼。我告訴她：「不是開玩笑，地圖之神已經掌控了全世界。」她聽了還是一直笑，她說掌控世界的是國稅局才對。我很生氣，因為我不懂她是什麼意思。我把地圖之神的手撕下來丟進垃圾桶。然後艾麗絲小姐說要我去校長辦公室報到，但我告訴她我是因為描壞了才撕掉的，她說沒關係。其實有關係。

小樹有一本地圖集，就在他過世的爸爸的書桌上。裡面有很多地圖，其中有一張俄亥俄州的地圖。我從託管中心回家的隔天，他把地圖集帶到我家給我。

我們正坐在床上，傑佛瑞走了進來。

「嗨，小鬼。」他說著從我的衣櫃上拿起東西來看。

「不要。」我說。

「不要什麼？你們兩個膽小鬼在幹嘛？」

我拿起地圖集給他看。「這裡有多遠？」我說。

「哪裡？哪裡有多遠？」

「我不知道。」

傑佛瑞瞪了我一眼，就穿過走廊回房間去了。我聽得到他的聲音，他在玩顯微鏡。那是他的光明節禮物，他用來觀察血液。顯微鏡裝在一個木盒子裡，有一次我打開那個木盒裡的一個小抽屜，發現裡面有一根香菸。我嚇壞了，傑佛瑞竟然抽菸。於是我開始哭，因為長大之前是不可以抽菸的。那是青少年的犯罪行為。傑佛瑞是青少年，所以我才會哭。

小樹看著地圖。

「只有兩吋遠，」他說：「我們可以開車。」

小樹和我有一家公司，叫樹波公司。我們會製作東西。有一次我們做了炸彈，是用紙摺的，就是在你經過時會爆開那樣，一個賣一分錢。我們還做過報紙。是我自己用複印紙

❾ John Daly，美國高爾夫球名將。

寫的，摩斯太太每次都會買，因為她就住在小樹家隔壁，而且她喜歡小孩。有時候我們還會做汽車。

汽車是用箱子做的，從A＆P超市後面找到的，而且是木箱，不是瓦楞紙箱。那些箱子都是髒的，所以我們不算是偷。我們把小樹妹妹嬰兒車的輪子拆下來。小樹說他打了她，所以輪子算我們的。是真的輪子呢。

我們這輛車不會破。但一般的都會破，因為大部分是紙箱做的，不是木箱，而且莫提．南席克是個大胖子。只要他一坐上去，車子就毀了。可是這一輛不會壞。我們是在我家後院製造的，它就像真的車一樣，我可以坐在裡面，可以滾動。

我是駕駛。小樹是引擎，因為他會模仿聲音，甚至可以發出各種檔速的聲音。他會推著我在後院裡頭轉。

我們家的後院以前都是草地，後來才變成車庫。我去看工人建車庫時，踩到一根釘子，所以得去打針，這樣我的嘴巴才不會張不開。但我跟媽媽說我希望嘴巴張不開，這樣我就不必說話了。她說那我要怎麼吃飯，我說我會叫外賣中國菜。

現在的後院是水泥地，車道變得很寬。小樹推著我在車道上到處跑。我說這裡是高速公路，我們要開去俄亥俄州，不過得先在霍華．強森的加油站停下來加個油。莫提．南席克站在籬笆外看著我們。我說他那裡就是俄亥俄州，不過他太胖了，沒辦法上這輛車。然後就出事了。

小樹推得太用力，我把車偏到這個方向，本來車還在車道上，然後就一直沿著車道向下滑。我沒辦法把車停下來。小樹大叫說踩煞車，我大叫說我們沒有做煞車。於是我經過我家房子，然後衝到房子前面，接著衝到街上，然後我看到了一輛真正的汽車。那車子煞車減速，小樹尖叫，車子發出尖銳的噪音後打滑轉了一圈，然後從側邊把我撞到馬路邊。

一個大人從車裡出來。

「你到底在幹嘛？到底在幹嘛！」她在發抖。我坐在我的車子裡，她的眼鏡掉在地上，她撿起來，又掉了下去。眼鏡沒有破。「你媽媽在哪裡？應該好好揍你一頓才對！」

「她不在。」

「她不——那你爸爸呢？沒有大人監護，你不可以在街上玩。他在哪——」

「他在俄亥俄州。」

那女人將手套放進皮包裡，又將皮包裡的所有東西灑得滿地都是。她好像快哭了。

「那，總有大人和你住在一起吧。」

「我是孤兒。」

「他和我住，」小樹說著就走過來，幫她把東西撿起來，她和我媽媽一樣有口紅。

「那你的爸媽在哪裡呢？」那女人問。

「我不知道。」小樹說。

「你說不知道是什麼意思？」

「我不知道。」

「他不知道自己不知道什麼。」我說：「而且，我也不知道。」

小樹將掉在馬路上的一個小盒子還給她。盒子上有漂亮的字體，和雜貨店裡的一樣。盒子也被打翻了，裡面有一些長條的棉花，像是捲起來後才切成一條條的，每一條的後面都連著一根繩子。她一把抓起那些棉花，看起來很不好意思的樣子。

「那些是眼罩嗎？」小樹問。

「當然不是。」

「可以給我一個嗎？就像《答不出就要你好看》❿那樣，把它綁在我的眼睛上，然後在我身上變把戲。快點嘛。」

「我要叫警察了。」那女人說。

我沒有說話。我看著我們的車子，輪子快要脫落了。然後我抬起頭看著街道。我以為我會看到一個穿紅色洋裝的小女孩，一轉身裙子就變成一波波海浪，她轉啊轉的，就像在跳舞一樣。但是沒有小女孩，沒有潔西卡。

「你的爸媽到底怎麼了？」那女人問我。

「他們過世了。」

「太不幸了，」她說：「我很遺憾……」

「我也是。」小樹低頭看著自己的腳說。他每次不知道該怎麼辦時，就會這麼做。

「發生了什麼事呢，可憐的孩子？」那女人問。

「納粹。」我說。

這下子她也低頭看著地了，好像又快要哭出來的樣子。「我真替你難過。」

我點點頭。「是上星期的事。」我說。

她盯著我說：「什麼？」

我放聲大叫：「騙妳的！」然後小樹和我就沿著我家車道向上跑掉。

等那女人離開，我們才回去拿車子。車子撞壞了。我們把它推回去，放在野餐桌旁邊。野餐桌是野餐專用的桌子，但我們從來沒去野餐過。我坐在桌子上，望向潔西卡以前住過的馬爾洛街，沿路是一整排房子的後院。小樹到我旁邊坐下。

「你真的是孤兒嗎？」他說。

「我想俄亥俄州是在那個方向。」我說。

---

⑩ Truth or Consequences，美國一九四〇至八〇年代一檔遊戲搞笑電視節目。

這時我媽媽喊我們進屋吃晚餐。我們進到屋子後，莫提・南席克先在柵欄外看，然後爬進來，坐上我們的車子，然後把它坐塌了。

小樹想留在我們家吃飯。不過，他必須先打電話回家徵求他媽媽的同意，結果他媽媽很生氣，因為她已經做好晚餐，所以小樹只好回家把自己的晚餐帶過來。他的晚餐是乳酪通心粉，他媽媽做這道菜是因為她不是猶太人但他爸爸是，不過他已經死了。所以她做乳酪通心粉。然後我們吃飯前要洗手。

我們用伯拉索（Boraxo）洗手粉洗手。這很酷！我在《死亡谷時光》⓫裡看過。媽媽是在我去託管中心後買的。它摸起來像砂子。裡面應該有二十頭騾子，可我看不到。

我們洗完手出來，媽媽說：「你知道，納維爾醫生真的是一個好人，他在這封來信上說，能和這樣一位堅持自我原則的小孩共事，讓他獲益良多。他這樣說真是太客氣了，小波，你不覺得嗎？」

「俄亥俄州在哪裡？」

「我在問你話呢，寶貝。」

「親愛的，」爸爸說：「我們先吃飯，別說那些有的沒的了。」他坐在餐桌最前面的主位，因為他是爸爸。他不需要傳盤子遞東西。

小樹坐在傑佛瑞旁邊，坐的是一張從門廊搬過來的摺疊椅，橘色的。那張椅子我打不開，我太小了。

「哎呀，米契爾先生，」爸爸對小樹說：「你還自備餐點呢。」

我還是坐在靠牆的位子。這裡是我的專屬位子。

「你要吃點牛腩嗎，肯尼？」媽媽問小樹。

「我不知道。」小樹說。

小樹來我們家吃飯，但我從沒到他家吃過飯，因為他媽媽好可怕。他媽媽會吼我，可是我又不是他兒子或誰。我媽媽從來沒吼過小樹，她對誰都不會大聲吼，不過我爸爸會對所有人大吼大叫，除了一個人以外，就是他自己（這是一個笑話）。

「小鬼頭們，」爸爸說這話就像是鄉巴佬一樣，我不知道他為什麼這樣講話。應該是故意的，因為鄉巴佬又不會說猶太話。「就我所知，你們兩個小天才今天又像以前一樣，製造出某種交通工具了，是嗎？」

我搖頭。我以為他說的是某種冰淇淋，我最喜歡巧克力雪糕冰棒。

「他們做了一輛小汽車，對吧，孩子們？」

「親愛的，我沒有問妳，我相信這兩個孩子自己會說。」

⓫ Death Valley Days，美國電視劇，描寫西部生活故事。「二十騾隊伯拉索」為此電視劇的贊助商。

媽媽低頭看著青豆。傑佛瑞踢我的小腿，但我不知道要說什麼。我很有規矩，我一定要有規矩，否則他們會把我送回去。

「烤肉味道有點淡，親愛的。」爸爸說。

「是汽車。」我說。

「加點胡椒吧，親愛的。是在『食物之家』買的，那人說這是特製的……今天的肉很瘦。」

「好吧，親愛的。」

「但是它壞了，」我說：「被莫提．南席克坐壞了。」

「好一點沒有？」媽媽問，可是爸爸做了個鬼臉，臉都皺在一起。「好吧，那你盤子給我，我換給你一些——」

「算了，親愛的。」

傑佛瑞在他的馬鈴薯泥上挖了一個湖。不應該這樣子，這種行為在餐桌上是不允許的。他還弄了好幾條河，沾得麵包到處都是。

「我要揍他。」我說：「俄亥俄州在哪裡？」

「這樣不好，寶貝，莫提是你的朋友。」

「親愛的，算了。兒子，還有馬鈴薯嗎？挖一些給我。」

「生氣是可以的。」媽媽對我說：「把馬鈴薯遞給你爸爸。可是不能用這種方式。拿去。納維爾醫生說，只要能用建設性的方式，讓憤怒宣洩出來是一件好事。肯尼，你的手肘浸到肉汁裡了。」

我的天，小樹的手肘全泡在肉汁裡了。因為傑佛瑞的盤子就像洪水氾濫，小樹只顧盯著那盤子看，卻沒注意自己高舉的碗裡肉汁流出來了，媽媽趕緊把碗從他手裡搶走。肉汁濺得小樹全身都是，但他根本沒發現。真是個邋遢鬼。我覺得，他是一顆不定時炸彈。

我很喜歡沙拉碗，平滑、亮晶晶的。爸爸開始吃沙拉，他用一支刀子加湯匙組成的剪刀來夾取沙拉。他好愛沙拉，他應該跟沙拉結婚才對。他拿了好多，碗裡好像有一座叢林一樣，然後他在上面放藍乳酪，不過藍乳酪明明是白色的，而且聞起來像是嘔吐物。

「你不把肉吃完嗎，小波？」媽媽說：「嗯，我猜你第一天回家還有點不適應吧，沒關係，寶貝，不想吃就不用吃。傑佛瑞，你要不要一些你弟弟沒吃完的肉，好吃得不得了，我煮了一整天——」

「這是他回家的第二天了。」傑佛瑞說。

「我的意思是說，完整的一天。」

「第一天，第二天，別再反覆強調這些了，親愛的。」爸爸說：「家裡所有事情都像是大驚小怪。」

「我沒有大驚小怪，只有你才感覺是大驚小怪。」媽媽說。

「好了，親愛的。」

媽媽看著盤裡的青豆。她從來不跟他說話。她只是看著她的青豆。

「瑪麗安．羅斯邀請我參加星期天下午的婦女俱樂部。」她說：「就是她們每年都在費雪廳辦的戲劇演出。」

「太棒了。」爸爸說：「米契爾先生，可以把放在你旁邊的那瓶沙拉醬遞給我嗎？」

「還要加沙拉醬嗎，親愛的？我放得不夠多嗎？」

「沒有關係，親愛的。」

「你可以直接告訴我，我下次就會多放一點。我不是傻瓜，你知道。」

「喔，」爸爸說：「我不知道。」

媽媽笑了，但聽起來很假。爸爸把沙拉醬的瓶子上下搖晃了一會，看看瓶子，又搖了一下，再看看瓶子。他把瓶子上下顛倒放在他的沙拉碗上方，用手指拍拍瓶子，讓沙拉醬流出來。倒完後，他用餐巾擦擦瓶子。

「我要帶我的顯微鏡去夏令營。」傑佛瑞說：「保羅．萊福頓說我們今年可以帶去，因為我們是旅行家級了。他還問我，小波是不是還在瘋人院……」

「傑佛瑞！」

「他就是這麼說的啊，他要說我能怎樣。否則你要我怎麼辦，說謊嗎？」

「你給我管好自己的嘴，先生。」爸爸說。他看著我用肉汁在盤子上畫線，從上到下的線。是監獄。

「小波，你還要再一些馬鈴薯嗎？」媽媽說：「這種是你最喜歡的——小波馬鈴薯。是我為了你第一天回家特別做的。」

「第二天。」

「對了，小鬼頭們，」爸爸說：「如果晚餐後你們能到前院草坪去清理一下，我會感激不盡。我發現草坪上有些紙杯和報紙。」

「不是我丟的，」傑佛瑞說：「我又沒去過——」

「是不是你丟的不重要。這裡是你的家，保持乾淨就是你的責任——」

「那你叫他們去清啊。要他們去清乾淨。」

「誰？」

「那家黑鬼啊，」傑佛瑞說：「東西是他們丟的。」

「傑佛瑞！」媽媽說，但她還是保持微笑。

我放下叉子。

「是他們幹的，」傑佛瑞說：「我看見了。就是搬進齊格樂家房子的那一家人，是他們幹的。」

「我不知道齊格樂家把房子賣給黑鬼了。」媽媽說。

我把盤子一摔。

「小波，怎麼了？」

「你們不應該這樣，」我說：「這是歧視。」

「什麼意思？」

「你們不應該歧視。」

「我只是說他們是黑鬼而已。」傑佛瑞說。

「閉嘴！」

爸爸站了起來。他氣瘋了。

「你也管好自己的嘴巴，」他說：「在這屋子裡不准說閉嘴兩個字！」

「丟紙屑在草坪上的是他們嗎？」媽媽問。

「他們沒有！」我說。我在大吼大叫了。「你不應該——」

「你少幼稚了。」傑佛瑞說。

「閉嘴！」

「我告訴過你了，先生，我不准——」

「還有一點醬汁，親愛的，你要我幫你加熱一下嗎？」

我放下湯匙。我把頭轉開，轉向外面，轉向潔西卡曾經住過的馬爾洛街。傑佛瑞用湯匙舀起他的馬鈴薯泥，壓在青豆上。這樣是在玩食物。媽媽把湯匙從他手裡搶過來，馬鈴薯泥掉在小樹的大腿上。

「反正不管你說的是哪裡，都在一百哩以外。」傑佛瑞說。

「什麼？」爸爸說：「你在胡說些什麼？」

「俄亥俄州啊，」他說：「我只是告訴小波有一百哩遠，他不用再問了。」

我大概哭了。有一點點眼淚在我眼睛裡，我沒辦法哭出來。我不知道為什麼。

「不用再問什麼？」媽媽說。

「他一直問俄亥俄州在哪裡？」

「你為什麼想知道這個？」

我說：「學校。」

「學校？什麼學校？」媽媽問：「現在是暑假。」

「是為了下個學期。」我說。我是個愛哭鬼。「這樣我就能趕上。」

「才怪，」傑佛瑞說：「是為了潔西卡。他想再去找潔西卡，真是——」

我拿起盤子朝他的嘴巴丟過去，結果砸到他後面的流理台。沒砸中。爸爸抓住我的手臂，我掙脫開，我用力扯桌巾，東西砸了一地。肉汁流到地上，我說，那是血。爸爸又抓住我，把我抱起來帶走。我踢他，試著想踢他的小雞雞。他把我抱上樓，扔在我的床上，然後就站在那裡盯著我看。他沒有打我。我大叫：「你打我啊！打我啊！」但他只是站在原地。突然間我發現一件事，他是在害怕，我爸爸怕我。

我打開抽屜，想找抱抱猴，可是他不在我這裡了。抽屜裡有很多東西，有一顆棒球，上面有很多老虎，他們都寫了自己的名字，叫做：底特律老虎隊。這是一份禮物，因為有一次媽媽忘記我的生日，所以帶我去看球賽當作特別禮物。

我抽屜裡還有一本書，書名是《Ha Yehudi Hareshone》，是希伯來文，意思是「第一個猶太人」。這書是傑佛瑞給我的，是他在希伯來文學校時得到的。書裡講亞伯拉罕的故事，他是第一個猶太人，他砸壞過一些神像，然後變成猶太人。他沒有受到處罰。如果是我就一定會被罰。

有天，亞伯拉罕有一個小男孩。然後有一天他走進他的房間，告訴他說他和上帝說過話。他很高，他的兒子很小，只有九歲，和我一樣。他正在睡覺，他抬頭看他爸爸，他很安靜，很有規矩。他爸爸手裡拿著一把斧頭，很害怕的樣子。小男孩問：「這斧頭是要做什麼的？」但亞伯拉罕沒有說話，只是要他起床，帶他爬到一座山上。那小男孩幾乎跟不上他爸爸的腳步，因為他太小了，但他努力跟上了，因為他是他爸爸。亞伯拉罕帶著他爬到山上，是為了要殺他。他準備要殺掉自己的小兒子，因為上帝和某人打了一個賭。那是他自己的兒子，而且他還那麼小，只有九歲，和我一樣。

3

我有一個行李箱，是格子圖案的。是我去託管中心時媽媽買給我的。她說我的行李箱會是全醫院最漂亮的。我很討厭它，討厭到恨不得殺掉它。她說，如果我乖乖的，並且聽納維爾醫生的話，那我就會康復，而且說不定有天也變成和他一樣的心理醫生。但我不想要。他的鼻毛露在鼻子外面。我不想要像心理醫生一樣，有鼻毛露在外面。

我在房間裡打包行李。我在行李箱裡裝了一些特別的東西。是祕密。然後我把行李箱丟到窗戶外面，讓小樹接住。他在外面等我，我們有一個計畫。我溜下樓，爸媽正在後院罵傑佛瑞，我從前門溜了出去。

我們提著行李箱，走到七哩路那裡去等公車。一輛前面寫著「北地園」（Northland）的公車來了，我們上車，因為我們要去北地園。那裡是全世界最大的購物中心，電視上說的。

某人在那裡，所以我們要去。

小樹付了巴士票錢。他在巷子裡發現的電晶體收音機裡有錢。收音機是空的，不能用，它死掉了。

4

北地園所有的燈都是亮著的，看起來好像在辦派對。我們家以前也開過派對，在後院開。那時我可以熬夜不睡覺。我們會掛中國紙燈籠，然後跳恰恰。

在北地園沒有人跳恰恰。這裡有青少年拿收音機，放很大聲的搖滾樂。他們圍繞在一間小房子附近，裡面賣爆米花、花生和焦糖玉米棒，還有會讓你牙齒爛掉的焦糖蘋果。那是在北地園中間的地方，他們很吵，很沒規矩。他們還抽菸。小房子上寫著名字，叫做「小瘋屋」。我不喜歡這樣的名字，我恨不得殺了它。

我以前也來過這裡。媽媽來逛街買東西的時候，帶我來過北地園。逛街是她的工作。爸爸的工作是承包商。在託管中心的時候，卡爾曾經坐在角落，把手指放在眼睛前面揮動，有一天納維爾醫生想阻止他這樣做，卡爾就咬他，然後他就生氣打了卡爾。可是魯狄亞說卡爾這樣揮動手指頭沒有關係，他說這是卡爾的工作。

我也有一個工作。所以我才會來北地園。

這裡有很多商店，有好幾排，像是自助餐一樣。我很喜歡自助餐，你指指東西，他們就會給你，不過有一次我指了啤酒，他們卻給我高麗菜絲沙拉。

「你看，」小樹說：「地圖，說不定有俄亥俄州。」不過他弄錯了，那是餐廳的餐墊紙，上面只印了其他連鎖店的位置。

然後我看見「麥斯威爾」。麥斯威爾是一家玩具店，我們家附近也有一家，不過這一家是在北地園，這是麥斯威爾的哥哥。他們是雙胞胎，甚至連名字都一樣。我小時候，媽媽就是在這裡幫我買抱抱猴的。

在麥斯威爾玩具店櫥窗裡的是機器先生。他看起來像是一組機械裝置，不過他是人。還有「大加魯」⓬，他是一隻裝電池的大怪獸，看起來像是歡樂綠巨人⓭，但是不歡樂。

（抱抱猴本來是我的，現在是潔西卡的。我們做那件事的晚上，他坐在窗台上，看見了所有事情。他看見潔西卡的媽媽走進來把我推到地上。）

抱抱猴很喜歡潔西卡。他在她的包包裡，吃牛腩肉。

⓬ Great Garloo，美國一九六〇年代相當風行的怪獸玩具。

⓭ Jolly Green Giant，玉米罐頭品牌的標誌人物。

有時候我想不起來潔西卡的樣子。這讓我很害怕。我會捶自己，讓自己想起來。如果我身體裡有一個幻燈機就會記得了，但是我沒有。我討厭我的腦袋，有時候我會揍它，好讓我看見她，我在託管中心時就曾經捶自己的腦袋，所以納維爾醫生把我的手綁起來。但是魯狄亞幫我把手解開。他說我打自己沒關係，這就像有時候我們會捶電視一樣。不過他說，腦袋也可能像是收音機。他說如果我的身體裡有一台收音機可以聽見潔西卡說話，那我就不需要看見她，就不用打我自己了。我照他說的做，我聽見她了。我每天晚上睡覺前，都會聽到潔西卡的聲音，她告訴我很多事情。然後我就不再打自己了。

「我要尿尿。」

小樹的樣子很急，所以我們去廁所。我拿著行李箱，問一位警察洗手間在哪裡。他也有一把槍。這時有幾個壞蛋從麥斯威爾玩具店衝出來，抓住那個警察，搶走了他的槍，他大叫說：「小波，救我。」於是我抓住那些壞蛋，揍了他們一頓，把他們送進監牢裡。

「下樓梯到地下商場。」那警察說。

我們去了。那洗手間好大，上面寫著男士用。裡面有小便池（我們家的洗手間沒有小便池，因為爸爸希望我是女生）。

廁所旁邊有個房間。裡面有很多和學校一樣的寄物櫃，會砰砰響。很多大人在房間裡開櫃子。在一個小罩子裡，有個大時鐘，顯示九點鐘。

突然間好多大人湧到走道上，走進那個小房間去開置物櫃，他們踩過我身上，我找不到我的行李箱了。聲音好大好吵，我幾乎要哭出來，因為我看不到，因為所有人的腳都踩過我身上。這時候我看見一個人。

她站在一個置物櫃前面。

我站起來，找到我的行李箱，走到她旁邊。我看見她打開置物櫃，裡面有膠帶黏著一張照片。我不知道該怎麼辦，我的胃感覺怪怪的。那是潔西卡的照片。

她媽媽從置物櫃裡拿出一件咖啡色的小外套。她穿上外套，有人拉拉她的衣角，那件咖啡色外套的衣角。那個人是我。

潔西卡的媽媽看到我好像很害怕，她僵住了。

「你在——」

「潔西卡在哪裡？」我問。

「什麼？」

「潔西卡在哪——」

「你什麼時候出來的？我是說，你什麼時候……你在這裡做什麼？」她搖著頭說：

「你到底是怎麼到這裡來的？」

「她在哪裡？」我握緊了拳頭，我沒辦法鬆開。我握得好緊，緊到會痛。

我身邊好像到處有槍響，但那是置物櫃的門被甩上的聲音。我呆呆站著。

「你媽媽知道你來這裡嗎？」潔西卡的媽媽說。

潔西卡在她後面。那是她的照片。她看著我，她說想想辦法。

「好吧，我要打電話給你媽媽，告訴她——」

我擋到她面前。她不能去。我擋住她了。我身體裡面在哭，我看見潔西卡在她後面。我的拳頭握得好緊。

我說，置物櫃裡有警察，他們要出來殺我。他們會把我關回兒童託管中心，然後納維爾醫生會把我綁在床上。這時候我想到，我口袋裡有一樣東西，我把它拿出來。

我用它指著潔西卡的媽媽。

「除非你把那玩具放下，離開這裡，否則我不會告訴你她在哪裡。回家去吧。天啊，在那恐怖的地方待了一年，你難道還沒學到教訓嗎，孩子？你為什麼堅持要讓人——」

「不准講話。」我說。

她搖搖頭。「聽好，你這樣等於在自殺。你看不出來自己正在——」

「不准和鄰座講話，」我大叫：「把手乖乖疊好放在前面的桌子上。」

一切都安靜了。大人們把我包圍住了。他們殺掉了在洗手間裡的小樹。我哭了起來。

有個男人抓住我，他把我抱起來。他抱得好緊，我沒辦法呼吸了，然後我尖叫說我要殺了你。他突然鬆開手，讓我跌到地上。我的行李箱攤開了，玩具都跑出來，所有人都看到了。這些玩具是我生日時要送給潔西卡的。

我用力踢了那男人的雞雞。我用槍指著所有人，我扣扳機，再扣扳機，一次又一次，向他們開槍。他們笑了。

所有大人都在笑我。

5

爸爸表現出很生氣的樣子，但他是在假裝。媽媽也常常假裝，騙人說假話，但有時候我會很害怕，因為我分不清楚，不知道該怎麼辦。爸爸到北地園來，聽潔西卡的媽媽說話。她尖叫著說把他帶走。他說已經沒事了。

回家的路上，我坐在前座。沒有人說話。我坐在座位間隆起的地方，那裡是我的特別座。小樹和我的行李箱坐在後座。行李箱是空的，我帶給潔西卡的所有玩具都掉在北地園，被大人們弄壞了。

回到家，沒有人要求我進房間待著，但我還是自己去了。小樹回家了。媽媽說，小樹的媽媽擔心到生病了，小樹說那她應該吃藥。他嘴巴很厲害。

我拿著毯毯，躺在床上。他們在樓下說，我們該拿他怎麼辦。媽媽在哭。她說，要是他永遠不會變好怎麼辦。爸爸說，他不在乎其他人怎麼說，他絕不會讓他的兒子再離開。他說他的兒子，也就是我。他說，這只是他必須面對的一段過程。

然後我就睡著了。衣服穿得整整齊齊地睡著了。我做了一個夢，夢到我面對一段過程，我在裡面迷路了，迷路在一雙眼睛裡。那是一雙棕色的眼睛，裡面有綠色的碎片。是潔西卡的眼睛。

我醒來時，身上穿著睡衣。那是我睡著時，爸爸將我抱起來，替我換上的。他將我緊抱在他毛茸茸的胸口，緊緊抵著。我睡著時聽到他的聲音，本來以為是做夢，但真的是爸爸，然後我就穿上了睡衣，我自己的睡衣，上面畫了汽車。

第二天，我整天都待在房間裡。我看著窗外，滾著那顆有老虎的棒球，我把它丟到枕頭上。我看著窗外的街道，路名是馬爾洛街。潔西卡的街。

我用內褲做了一個布偶，名字叫做內褲人先生。他說潔西卡在俄亥俄州，也在玩一個玩偶。那個玩偶是我在被送到託管中心以前做給她的，名字叫木偶傑利。她爸爸死掉時，我幫她做了這個木偶，然後到她家前面，在雨中站了好久。我穿著雨衣，黃色的雨衣，並且把木偶傑利放在口袋裡，在那裡站了好久，好久。他們家的草坪上有一根小小的燈柱，我把木偶傑利放在燈柱的正下方，然後拿我的雨帽幫他蓋好，他在那裡睡了一整夜。

窗外變暗了。有車子過來，亮著車燈。我哥哥可以說出所有車的名字，隨便一輛都沒問題。媽媽在樓下喊：「下樓來，幫我們到後院烤棉花糖！」但我沒有去，棉花糖很小，根本不需要人幫忙。

我看向窗外。

這時街燈漸漸亮了起來。先是閃一下，然後才亮起來。我以前只看過一次街燈漸漸亮起的樣子，因為通常它們不是暗著就是亮著。我從床上看著外面的街燈。我橫躺在床上，像一個t字。t代表耶穌基督，也代表增加。如果把t斜放，就變成x，代表錯誤。我不喜歡t，我恨不得殺死它。

我站起來。

我們家的前門有紗門，是夏天專用的，關上時會發出一陣噪音。我喜歡，因為可以透風進來。我不喜歡木頭的，因為沒辦法看透過去。郵差來時，會把信送進紗門裡面，然後紗門會發出好大一聲砰，嚇我一跳。不過我還是喜歡紗門，因為可以看透過去。

我打開紗門走了出去。爸爸媽媽都在後院。

我走到街上，往馬爾洛街走。天黑以後小孩是不可以出門的，因為會有虎姑婆，但我還是出門了。我不在乎虎姑婆，我什麼都不在乎。

我看見，窗戶裡有電視開著。有人在看電視。人們總是在看電視，他們幾乎只會做這件事。我喜歡電視，因為有卡通，但我不喜歡新聞。

潔西卡家附近的街上有樹，夏天的時候，會伸出枝葉來蓋住街道，就連在白天也很暗。但是他們家旁邊的路燈是暗的，屋子的角落在晚上變得非常黑，黑到我幾乎看不見。我往她家的房子走去。

這裡很安靜。我站在房子前面，裡面沒有任何燈光。我猜她搬到俄亥俄州去了，這裡沒有人住。我站著，站著，我向潔西卡招手，她也招手回應我。好黑，我在假裝。

我停下來，沒有繼續假裝。如果假裝太久的話，就是神經病了。

四周都沒有人，好黑。我準備要離開的時候，聽見了一個聲音。

這時我看見，門口有一個小紅點，一亮一暗，一亮一暗。我盯著看，發現那是一根菸斗。我勉強看到有一個人，我還聽見了他的聲音，他在黑暗中用很溫柔的聲音唱著一首歌：

我知道那美麗的身影，
抓住了你的眼睛，
是啊，她真可愛，

沒人能否認。

我輕輕地走上前去。他幾乎就像個影子一樣，但是當菸斗亮起時，我還是看得見他。

這是個悲傷的故事：
某個陽光燦爛的下午，
與夢境交錯之時。
她被一個藍色的氣球，
給撞死了。

那是個黑人，他坐在搖椅上，在黑暗中獨自唱著關於藍色氣球的歌。

當他離開她，
她完全失去了控制，
終日坐在窗前，
那裡也變成她的死亡之地。

這就是我所聽到的故事。
但究竟是怎樣的人，
會在一個陽光燦爛的下午，
魯莽地駕駛
一個藍色的氣球。

我走到門廊上。門廊上有欄杆，我把下巴靠上去，看著他。他沒看見我。我靠在欄杆上，聽著他唱歌。他的菸斗一亮一暗，一亮一暗。他唱完了，坐在那裡，他只是一個影子。菸斗越變越小，最後不見，他進去了。

我沒有動，我將下巴撐在手裡，我的手很小，因為我是小孩。我跨越草坪，走到那根小小的燈柱那裡。那根小小的燈柱，好像是專為小孩設計的一樣。我坐在燈柱下的草地上，躺下。我躺在燈柱下，說了幾個字。我說的是某個人的名字。我又說了一遍，再一遍，不斷重複。

第二天早上他們發現了我。我就在潔西卡家草坪的燈柱下面，也就是一年前，我還小的時候，留下木偶傑利的地方。

第二部

1

我幾乎要射在我的牛仔褲上。要不是被邦妮的爸媽隨時都會闖進來的念頭嚇到，我就真的射了。我們在沙發上。邦妮原本應該看家照顧她弟摩里斯的，不過反正摩里斯在睡覺，所以我過來和她廝混一下也沒啥大礙。我知道她滿腦子轉的也是這檔事，因為她搽了好濃的「夏里瑪」⓮，要我形容的話，濃到簡直像堵磚牆劈頭砸過來。

（坦白說，我對女孩子的香水有一種執念。除了喜歡聞，我也喜歡香水的名字，譬如說「吾之罪」（My Sin）。我送過邦妮．古德一瓶「天堂之味」（Heaven Sent），而且是經過她確認才送的，但後來發現她對這款香水過敏，所以她才搽湯米．馬崔恩送她的「夏里瑪」。他搞不好是偷來的，反正他送她香水這件事快讓我氣瘋了。當然，不是真的瘋掉。我小時候發過瘋，甚至還住過瘋人院，不過現在應該沒事了。她說她和湯米什麼事都沒做過，但我聽說他摸過她。摸的是上面，不是底下。諾曼．亞克波告訴我的，這混蛋。）

這天晚上，（應該）看家照顧摩里斯的邦妮，穿著白色李維牛仔褲、長筒靴，搽了「夏里瑪」香水。我剛到她家，她就問我要不要讓派德．亞伯諾維茲去幫我們買點東西。

派德住在她家隔壁，十九歲，雖然長得很醜，但他有好用的身分證。看要買啤酒或「小馬四五」都行，後者的威力相當於兩罐啤酒。我選了「飛果」（Faygo）牌的「搖滾黑麥威士忌」，依個人拙見，這是最有趣的一種汽水，有點像柳橙汁混麥根沙士，但又完全不像我討厭的「胡椒先生」（Dr. Pepper）可樂。

（邦妮管汽水叫蘇打，因為她曾經在紐約待過一陣。她有一種癖好，喜歡使用生僻的字——譬如，不說沙發，而是說睡椅——但其實她應該是個傻大姐。）

就在我們差不多已經躺在沙發上時，我以為側門有動靜，於是震了一下。

邦妮大叫起來：「怎麼了？」

「沒事，」我回她：「假警報。」

她笑著滾到我身上，臉壓在我肚子上，拉起我的羊駝毛衣和襯衫，然後開始以某種奇怪的方式扭動起來。當她動作停下來的時候，臉正好停在我的兩腿之間，看起來就像她正準備替我那個一樣。

「邦妮！」她真的準備那麼做時，我大叫。

她開始解我的襯衫釦子。

⓮ Shalimar，嬌蘭的經典款香水。

「這件襯衫真不賴。」她邊解邊讚美說：「很有兄弟會的感覺。」

「這是我哥哥的。」我說：「他上星期剛在『年輕紳士服飾』買了一堆新的渦紋系列。他最近正努力想留鬢角，像約翰那樣的，寬鬢角。」

她開始用舌頭舔我的胸部，搞得我超興奮；接下來她繼續進攻我的耳朵，耳朵大概是我全身上下最敏感的部位了（除了另外那個肯定是最敏感的器官之外）。

「邦妮……」

黑白電視機投射出恐怖的藍光，籠罩在我們身上。電視機上架著兔子耳朵般的天線，如同廣告中所說的，可以接收到超高頻的教育節目，像農業新聞之類的，總之無聊極了。我可以確定電視正停在第四頻道，因為我沒有直接看，也能聽到：

哎呀，威利，

我該怎麼告訴爸和媽？

我以前從沒養過寵物。

我只是走在路上，

牠就自己跟過來啦。

「想到地下室去聽唱片嗎？」邦妮問，言下之意很明顯。

我說：「不行啦，要是妳爸媽回來怎麼辦？」

「不會啦。來嘛，寶貝，我想要嘛，寶貝。」

說實在的，當有女孩子喊我「寶貝」，我就完全沒轍。尤其還加上「夏里瑪」的香味，實在是太銷魂了。由於我只有十六歲，所以真的很容易就被淫言穢語（按照傑佛瑞的說法）挑逗起來。不過我敢說，他自己一定也在某個地方聽過那些話（他的那些朋友我就不喜歡，他們全都抽菸）。

邦妮開始挑逗我的耳朵。

有時候我會神遊進入夢的世界，裡面有一座城堡，城堡裡有雜誌上那些穿著內衣的女生，還有和商店裡一樣穿鑲鑽長筒襪的女孩（我趴在地板上看雜誌時，可以趁機瀏覽一下裡面的廣告。要是媽媽問我在看什麼，我就說看吃的東西）。但是神遊到夢的世界，全都只在我內心裡進行，我隨時想要走出來都沒問題。這件事我從未告訴過任何人，誰會在乎呢？我只會寫在這本筆記本上，這樣我才不會忘記。我不想遺忘這個屬於我的夢的世界。我八歲時，魯狄亞曾經告訴過我，不要忘記。

「邦妮，別這樣。」

「為什麼？」

我沒有解釋。雖然我已經十六歲，但繼續下去仍舊是不對的，不管別人怎麼說。我並不是害怕或什麼的，說實話，我很清楚會發生什麼事。我睡覺時偶爾會夢到，夢到自己重回八歲那一年。我很清楚那是怎麼回事。

邦妮伸出舌頭，然後向上將上唇撩起，讓她的上嘴唇變得很大、很厚，接著把下唇翻出來，模仿黑人的樣子。雖然很好笑，但我看了還是很生氣，因為這是歧視。我告訴她，不應該嘲笑別人，尤其是黑人。她維持相同的表情吻了我，我將她稍微推開一些。她裝出一副小女孩的模樣說：「喔，討厭。」然後爬到我的大腿上，想要舌吻我。我再一次將她推開，這次她直接向後倒到地上。她向上看著我，開始哭了起來。我先是用力捶沙發抱枕，接著開始捶自己。我用盡最大的力氣，捶自己的大腿。邦妮嚇到了。這時，摩里斯的房間傳來床的嘎吱聲。

摩里斯走進客廳。

「床壞掉了。」他說。

「誰叫你腳趾甲太硬。」邦妮說：「滾啦，笨蛋。」

摩里斯看著我釦子幾乎全被解開的襯衫。

「妳沒資格命令我！」他大叫。

「誰說的？」邦妮說。

摩里斯說：「我說的。」

「笨蛋，」邦妮大叫說：「滾！」

他再次盯著沙發上的我看，我立刻動手將襯衫塞進長褲裡。

「我要告訴爸媽。」他說。

「隨便，」邦妮吼他：「想活命就給我閉嘴。」

「我就要說。」

「閉嘴！」

「就不閉。」

「你真幼稚。」

「我是橡皮妳是膠，妳罵我的統統彈回去，黏在身上揮不掉。」

「是黏在你身上啦，臭屎蛋。」

我站起來準備離開，她說「臭屎蛋」三個字真讓人倒胃口。

「我要告訴爸媽。」摩里斯繼續說。

「很好，去講啊。」邦妮吼道：「你以為我怕你。」

「我以為妳怕我，」摩里斯說：「所以妳就是怕啊，意思就是妳真的怕……」

「看我殺了你。」邦妮說著站了起來。摩里斯開始哭著往他的臥室跑，邦妮追在後面進去，把他壓回床上。然後她走回自己就位於隔壁的臥室，她的門上有一面鏡子，我可以從鏡中看到她臥室裡的狀況。房間裡有很多填充動物玩偶，其中還有一隻是七哩路的辛克萊加油站送的充氣雷龍，我以前看過。她的穿衣鏡上掛著好幾條彩色串珠長項鍊，另外還有一個波里尼西亞木雕圖騰，以前曾經大流行過一陣，現在風潮已經退了。從鏡子裡，我看見她在全身各處又補上一些「夏里瑪」香水，補噴的位置還包括底下那裡。

她回到客廳。我還站在那裡，她看著我，開始跳起扭擺舞，可是四周沒有音樂，只有電視的廣告聲，播的是：「雲斯吞，味道就像真的香菸一樣好。」我發現她正在解胸罩。我就呆呆站在那，讓她繞著我扭啊轉的，然後她的胸罩就這麼脫掉了，我不知道她是怎麼辦到的，總之就是脫掉了。像是魔術大師胡迪尼的脫逃術之類的。

她把胸罩扔過來，我順手塞進了沙發靠墊後面。

2

我認識邦妮．古德，是在去年夏天諾曼．亞克波父親的四十歲生日派對那天。那天我喝醉了。當時小樹、我和諾曼剛滿十六歲，我們幫忙停車——按照諾曼老媽的說法——賺點香菸錢，不過我和同年齡的青少年不一樣，我不抽菸。

亞克波先生雇用的調酒師，認出我們曾在三年前到過密茲瓦酒吧，於是偷塞了些香檳給我們，結果我們全醉倒在地下室的撞球檯邊。

我們幾個人進行了一番深入的探討，討論為什麼我們好不容易終於能開車，卻還是把不到任何女孩。隨後討論主題又轉到禁足上，結論是這種處罰方式多半很不公平。然後，我和諾曼有一場激辯——事實上是打了一架——他說披頭四在錄《胡椒軍曹》（Sergeant Peppers）專輯時吃了迷幻藥，但新聞裡約翰．藍儂說過，〈露西在綴滿鑽石的天空裡〉⓯是他兒子說出來的，不是因為嗑藥，他幹嘛說謊？

反正呢，我們沒多久後就醉醺醺的，於是決定散散步，呼吸一下新鮮空氣，以免被抓或嘔吐。我們真的醉到恍惚，不過我覺得諾曼是裝的。他邊唱〈我不滿足〉⓰，邊跑到貝姬．沃夫家附近晃蕩，因為她曾向她的指導老師坦承說，諾曼曾在去午餐的路上偷拉她的胸罩。小樹拿著一根棍子，在街上玩起曲棍球來。他試過申請進紅翼青年隊，但他們因為他學校成績太糟不肯收他，可是他曲棍球明明那麼厲害，真的很不公平。

⓯ Lucy in the Sky with Diamonds，披頭四歌曲。因此曲可縮寫成代表迷幻藥的LSD，備受爭議。
⓰ I can't get no satisfaction，滾石合唱團歌曲。

但誰知道這群醉鬼的話到底可不可信，譬如我，就對著一根電線桿，講了整整十五分鐘的話。我告訴它，我要雇用《日落大道七十七號》⓱的偵探社去找潔西卡，雖然那家偵探社已經沒了。

「聽好啦！」諾曼突然大喊。我記得我好像揍了他一拳，因為「聽好！」是體育課老師最愛講的一句話。我這輩子最恨的就是體育課了。

小樹用德文說：「注意！注意！」

有收音機在放強尼・瑞佛斯（Johnny Rivers）的〈曼菲斯〉（Memphis），這比體育課還可惡，因為他們一天起碼要播它幾千次。WKNR電台的主持人一定收了賄賂或什麼的。

除此之外，我們還聽到了一個聲音：

「不打個招呼嗎？」

她坐在一輛藍色雪佛蘭的車頂，更準確地說是一輛雪佛蘭羚羊系列（Impala），因為我們家以前也有一輛，不過是兩門的。我畢業前在學校看過她，我比她高一年級，她一頭流氣的蓬鬆髮，還搽著白色唇膏。有四個太保樣的傢伙站在雪佛蘭車周圍。

「勢利鬼。」

「我可是跟妳打過招呼了，邦妮！」諾曼喊道。當時我不知道他們認識，所以嚇到了。

邦妮・古德的爸媽和諾曼・亞克波的爸媽是朋友。她雖然才十五歲，但名聲很差，因為據說她是個妓女。她曾經因為偷錢包被逮捕，而且被退學了好幾次。諾曼說，她和那個討厭猶太人的湯米．馬崔恩在一起混。我雖然醉得很厲害，但還是看得出來她化了眼妝。

「來根香菸嗎？薄荷的。」她問。

「好啊。」小樹說。聽到他這樣說讓我很火大。

「有火柴嗎？」

其中一個太保說火你個屁股，小樹大笑起來，我聽了火更大，因為一點都不好笑。我認出那個太保就是湯米．馬崔恩。聽說他是流氓，隨身總帶著一把槍，這就是小樹笑的原因了，他是個膽小鬼。那幾個太保聽到他笑，全都開始嘲笑他，我氣瘋了，沒有人可以嘲笑小樹，因為他是我朋友。我的胃開始痛起來。突然間我發現所有人都停下來不再笑了，他們全看著邦妮．古德。

她抽著菸，從鼻子噴出一口煙來。她正盯著我看，目光一秒鐘都不曾離開。

3

⓱ 77 Sunset Strip，美國著名影集。

「摩里斯睡著了，小波，我們來做吧。」

「邦妮……」

「怎麼了？你不知道該怎麼做嗎？你沒有過經驗，你有——」

「我知道怎麼做。」

「你不愛我嗎？」

「愛。」

「愛什麼？」

「愛妳。」

「你不是真的愛我吧？」

「愛啊。」

「那就說出來啊。」

「我愛妳。」

「不用勉強自己。」

「我沒有勉強自己。我愛妳，好嗎？」

「那我們就做啊。」

「不要。」

「為什麼？」

「我不知道。」

「你不想要嗎？」

「想啊。」

「那是怎麼回事？」

「我不知道。」

她抱著雙臂。兩人好一陣子都沒說話。電視上正演到畢佛被叫回房間睡覺。結果是蘭比的狗，這我以前看過了。

邦妮將燈關上。

「小波？」

「什麼？」

「拜託。」

「不要。」

「拜託拜託。」

「不要。太早了。」

「什麼太早？」

「現在做太早了。」

「那什麼時候才不會太早？」

「我不知道。快了。」

「什麼時候？兩星期後？」

「不行。」

「三個星期？」

「不行。」

「四個星期？」

「好吧。」

「今晚算起四個星期後？」

「好。」

她站起身，跑到她爸媽的房間裡，從她爸爸的書桌上拿了一本行事曆出來，上面印著「來自底特律信託銀行的祝福，大眾銀行」。

「十號喔？我要用麥克筆在十號這天畫一個大紅心。」

「好。」

雖然我稍晚離開了她家，但我敢說她媽媽一定在沙發靠墊後面發現她的胸罩，她爸爸也有看到十一月十號那天畫了一個心。邦妮說他們沒說什麼。我知道他們不會說什麼。

我在中學的成績是平均以上，他們愛我。

4

我離開她家後，被車撞了。是一輛藍色的雪佛蘭，去年夏天我遇見她時，她就坐在這輛車的車頂。車是從辛克萊加油站開上七哩路時撞到我的，我站起來，迅速地走開，因為我知道車的主人是誰。

就是湯米．馬崔恩。

他從我背後叫：「喂，猶太佬。」

我繼續往前走。迅速離開、避免打架才是上策。坦白說，我是用跑的。

「我叫你停下來，猶太佬。」

我沒停。

「邦妮．古德是妓女。」他說。我停下來了。

「你說什麼？」我說。

「我叫你停，你幹嘛不停？」

「說不定我沒聽到。」

「是嗎？我聽說，你說你可以撂倒我。」

「是嗎？我沒說過這話。」

「我想你說過。」

「沒有，真的。」我抱起雙臂疊在胸前，不知為什麼，兩隻手臂感覺不像是自己的。

「那你剛剛幹嘛不停？」

「我沒聽到你叫我。」

「你明明聽到了。」

「我沒聽到。」

「你聽到了。」

「我沒——」

我看見他的拳頭由屁股邊舉起朝我的臉逼近，越變越大。然後，我又看著他從人行道越走越遠。他轉過身時，我向他比了中指。他坐上車開走了。整個就像是全景電影一樣。

「天啊！我的天啊！」

「媽……」

「天啊！我的天啊！」

「媽……」

「大呼小叫幹嘛啊，夏洛特，妳在——天啊！」

「嗨，爸。」

媽媽拉著我的袖子。「你看見了，戴夫？看見了嗎，戴夫？南席克家把房子賣給那家黑鬼時我就告訴過你，我們應該搬家的！」

「嗯，我最好報警。」

爸爸撥電話時，我走進樓下的浴室。我看著鏡子，我的嘴唇腫得好厲害，看起來好像被原子彈打過一樣，我沒誇張。

「你剛剛是去哪裡了？」我走出浴室時，媽媽問。

「是湯米．馬崔恩。他開車撞到我了。」

「撞到你的嘴巴？發生了什麼事？」

「我剛去了邦妮家，然後——」

「我就知道！戴夫！」

爸爸先伸手蓋住話筒。「什麼事，親愛的？」

「是那個女孩！」她說：「是那個女孩！是那個女孩！是那個女孩！」

5

在某種程度上，我還滿得意的。傑佛瑞說：「天啊，你嘴唇真的好腫，所以現在不用我說看我打腫你的嘴，你已經夠腫了。」他顯然是在開玩笑，其實他是想讓我好過些，不過效果不大，因為我知道他在嫉妒我突然間獲得了所有關注，玩笑話只是他的一種掩飾。

警察按著表單上的題目一一詢問我，要我宣誓對湯米．馬崔恩提出控告。他們派了兩個人來，一個警官和另一個華裔警官。兩人都穿著普通的藍色制服，和《搜索網》⑱裡的不一樣，講話的調調也不一樣。沒有人是像那樣講話的。我向他們陳述了事情經過，不過，也只講了事情經過，哈哈（這可不是在掩飾什麼）。

然後爸爸帶我去西奈山醫院的急診室。在那裡的理事中他有熟人，所以我不用和那些窮人一起等照X光。之後我們就回家了。

趁媽媽準備冰敷袋的時候，我走進樓下的浴室和潔西卡說了些話，雖然她並不在場。她是虛構的。我擁有一種不太正常的鮮活想像力。八年前我被送進兒童託管中心時，他們就是這麼說的，而且說這正是我被送進去的原因。他們告訴我，必須學會控制我的想像力，而不是被它控制。只有魯狄亞真心誠意地告訴我，他覺得只要不傷害到任何人，擁有這樣的想像力並無大礙。不過我的另一位醫生，也是魯狄亞的上司，說這樣的想像力是沒有建設性的，就是神經病，只是換一種好聽的說法。但我內心裡深深懷疑，羅伯．佛洛斯特⑲是否曾控制過他的想像力。我問過彼特納小姐這個問題，我告訴她我覺得羅伯．佛洛斯特沒有。她說他的狀況和我不同，因為他將他的想像寫下來了。我說，如果唯一的差異只是是否將它們寫下來，那其實區別並不大。彼特納小姐說這問題不在她的專業範圍內。

我將冰塊蓋在嘴唇上。我提議學已經停播的《小淘氣》⑳裡那樣用牛排冰敷，但由於今天的牛肉價格很貴，所以媽媽堅持用冰塊。我向她形容湯米．馬崔恩是如何隨身帶著一把改造手槍，還有他是怎麼叫我猶太佬的。一直到半夜，她才好不容易停下來不再哭。

「她是個非猶太，」她哭著說：「我們不該同意讓你——」

「媽，她是猶太人。」我糾正她說：「他們家以前姓古德曼。」

「哪門子猶太人啊？有哪個猶太人會把自己的名字改成這樣，否定自己的——」

「不是邦妮改的，媽，是很久以前他們祖先移民過來時改的。」

---

⑱ Dragnet，美國一九五、六〇年代電視影集。
⑲ Robert Frost，美國著名詩人。
⑳ The Little Rascals，美國早期黑白電視兒童劇集。

「她和一個義大利人約會過，不是嗎？」

「是啊。」

「那她就是個非猶太，我才不管。」

（但邦妮告訴我，她和湯米．馬崔恩什麼事都沒幹過，雖然諾曼．亞克波說他們有，但他也不清楚任何血淋淋的細節。一想到那畫面我就肋肌痛，這是一種位於腹腔的胃部疾病，是我還很小的時候尼可森醫生診斷出來的，會導致我底下那裡的緊張感。問題是，我表妹琳達有一次只是喉嚨痛去看他，他也做出同樣的診斷，所以你還能相信誰啊？我媽媽說，既然我十六歲，也是該換醫生的時候了。坦白說，我覺得肋肌痛只是因為緊張的關係，因為我是個容易緊張的人，但就算知道我也莫可奈何。每次肋肌痛時，我總是需要清空一下，但這是一項艱難的任務，因為庫萊中學的所有洗手間裡，永遠有一堆流氓和黑人在抽菸，對一個猶太菜鳥來說，安全的可能性微乎其微。敝人在下我就是一例。）

警察離開後，爸媽也上樓去了，我打電話給邦妮，通知她這個壞消息。他們正將舊電視機搬進傑佛瑞房裡，因為爸爸買了一台新電視。他同時還買了一個電視架，被媽媽拿到地下室去上色，結果搞得整棟建築物都是味道。建築物指的就是我家，老爸式的幽默。

邦妮在電話裡說：「你不應該說出去的，湯米現在會殺了你。」

「他不能殺我，」我說：「那是違法的，妳知道吧？」

「你不了解湯米，」她說：「他是個不折不扣的瘋子。」

「那妳就很了解囉？」我質問她。

「我當然了解，小波，你這樣問是什麼意思？」

「妳知道我是什麼意思？」

「我知道他是個瘋子，」她說：「而且他很凶狠。」

「還有呢，邦妮？」

「你還要知道他什麼？怎麼跟他上床嗎？」

我聽到電視機摔落的聲音，媽媽尖叫：「他在和那女孩講電話！」邦妮掛了我的電話。爸爸滿臉通紅地下樓來。

「好了，小鬼，夠了。不准你再和她見面，就這樣，沒得商量。你們兩個一定過頭了，這對你這個年紀的男孩來說是不對的。她讓你瘋了，現在這樣已經不正常了。」

「你又不認識她。」

「我認識她。我知道她對你做了什麼。她讓你胃痛，讓你每天無精打采的，每次一跟她講話就像和最好的朋友絕交一樣。」

「你不懂。」

「我太懂了，年輕人，我比你要早那麼一點就懂這些事了。你太容易受騙，她把你耍得團團轉，讓你整天失魂落魄地關在房間裡寫那些病態的詩。」

「爸……」

「你是怎麼了？你一副像是失去你最好朋友的模樣。」

我看著他。

「也許真的是這樣。」

電話響了。

「別接。」他大吼，然後接起電話吼：「別再打來了，小姐。」說完重重的摔上電話。

「你幹嘛摔電話？」電話又響，是莫爾叔叔。

「我準備打官司。」爸爸大聲說：「我要告一個義大利佬，他兒子攻擊我兒子。」

「他沒有爸爸。」我說。我真的氣壞了。

爸爸蓋住話筒。「他有媽媽嗎？」

「有。」

「我準備打官司。」他對莫爾叔叔說。

我從後門出去，沿著街區走到七哩路，手裡緊抓著一枚硬幣，繼續往綠野路走，目標是門口有間電話亭的那家鬆餅店。我打給邦妮。電話鈴響了四聲。我想到爸爸說的，我失去了最好的朋友。在電話亭滿布灰塵的窗戶上，我寫下潔西卡的名字，然後將電話掛上。

時間已經非常晚了，但不知為什麼，我感覺自己再也不會回去學校，彷彿我正置身在某個陌生的地方，一個陌生的國家，在這裡沒人聽懂我在說什麼，沒人了解我的語言，像是你說話但所有人都聽不到的那種夢。我真希望自己是睡著的，那麼這一切就只是一場夢。

6

第二天早上，小樹蹺掉軍樂隊的練習——他吹的是低音薩克斯風——護送我從學校離開，以防湯米．馬崔恩潛伏在某個地方，譬如說躲在某輛哈貝爾街公車後面之類的。他說要是他是湯米的話就會躲在那裡。於是我們改搭了綠野路的公車。小樹因為蹺掉樂隊練習被罰一塊錢，媽媽幫他付了。

雖然爸爸說，法官對於湯米．馬崔恩打傷我的嘴唇只判決禁制令，真是不值得他寫狀子，因為沒判罰鍰，但至少他六個月之內不能碰我，否則就會被逮捕。我們在法庭裡只待了十五分鐘。他和我一樣，身上都別著身分證明。

幸運的是，我嘴唇上的傷迅速恢復。到橄欖球賽的時候，已經幾乎看不見了。

我不像同年紀的同學一樣那麼常去看橄欖球賽，因為我有其他的興趣，像是為某人寫一首詩之類的，而且我覺得橄欖球沒什麼建設性。因為這個私人因素，其他同學覺得我是個「怪胎」，或諸如此類的。但我不在乎，因為說實話我或許確實是個怪胎。

我喜歡詩，因為詩裡會應用象徵和同音異義詞，來呈現事物和莎士比亞一樣的神話，不過也經常會讓人因此困惑。我最喜歡的一首詩，是羅伯·佛洛斯特的〈牧場〉，如下：

我要去清理牧場的溝流；
其他都不做，只將落葉耙清
（或許，還會等著看水變清。）
不會去太久的——你也來吧。

我要去牽那頭小牛，
牠站在母親身邊，如此幼小，
母牛舌頭舔在牠身上時，牠還站不穩呢。
不會去太久的——你也來吧。

彼特納小姐說，牧場象徵現今繁忙世界裡所不再的純真，但我覺得她的推論並不正確。我不覺得這詩裡有任何象徵，更別說什麼純真了。我覺得這詩裡寫的就單純只是一座牧場，然後羅伯．佛洛斯特希望某人和他一起去而已。我不知道那人是誰，但就是指某個人。這不是什麼象徵，因為你不會跟一個象徵一起去牧場對吧？是某個人。我想是某個不在的人。在羅伯．佛洛斯特心底，希望某個人在那裡，那裡指的就是牧場。他用這首詩來說出，他希望某人在他身邊，那他們就可以一起去牧場，如果真的有一座牧場的話。我想羅伯．佛洛斯特很孤單，所以才會寫下這首詩。

我也有機會寫詩。在被禁足在房間裡的夜晚，我在一片黑暗中寫，這樣他們從門縫裡沒辦法看到我在做什麼。我假裝自己不是孤單一人，我開闔嘴唇。

我最近寫的一首詩，名叫〈有什麼好笑？〉和〈牧場〉押ＡＢＢＣ韻不一樣，這是一首不受格律限制的自由詩，我是一年前寫的，沒有給任何人看過，或許一輩子都不會，因為沒有人會懂，尤其是彼特納小姐，因為裡面有髒話，而她是一個貨真價實的Ｌ７，這是一種象徵的說法，意思是笨蛋。

〈有什麼好笑？〉

有時我坐著，懷疑自己為何
笑個不停，就因為某個八年沒見過面的人，
如鬼魂般纏繞在
我他媽的心裡，不肯離去，也永遠不會離去，但
我還是笑，笑個不停，笑個不停
哈哈
直到我咬著拳頭止住笑聲
然後淚水流滿我的手。

這首詩我沒有給任何人看過，羅伯．佛洛斯特已經死了。要是他還在我會給他看。有時候我覺得，要是羅伯．佛洛斯特還在世的話，應該會邀請我一起去牧場。

7

我之所以去看橄欖球賽，唯一的理由是去看小樹參與的軍樂隊表演。他必須在早晨五

點起床練習，然後走過五個街區到綠野街搭巴士，要是下雪的話就更辛苦了，可是他超愛那身軍樂隊制服。軍樂隊制服是明顯的紅黑兩色，庫里中學的代表色，還外加一頂帽子。不幸的是，他有次試著想燙平帽子上的羽毛，結果被他毀了，他因此被罰了五塊錢。

我去的另一個原因，是我無法擺脫瑪麗・祖普克的糾纏。她是啦啦隊隊長，也是現代舞社的幹事，超受歡迎。橄欖球隊隊長（我對橄欖球一點興趣都沒有，所以連他的名字都不知道），似乎老在她的置物櫃附近閒晃，想和她聊些有的沒的，但瑪麗・祖普克對他雖然客氣，卻始終滿冷淡的。這是我親眼目睹的，因為我的置物櫃就正好隔著走道在她的正對面，因此她會和我小聊一下。上星期她送我一本詩集，書名是《來和我住，當我的愛人》，是她在一家嬉皮店買的。萬事通小姐唐娜・馬力克說她喜歡我，我們一起上彼特納小姐的課，這有升溫作用。

（當初我沒去凱思高中的「資優班」，是因為那裡全是些勢利鬼，而且會限制你的眼界。雖然庫里高中有打人之類的種族騷亂，我還是決定來這裡。在這裡我可以繼續和只有一點五分的小樹在一起，不過我們除了體育課之外，還是沒有機會在同一班。小樹和我每星期花五塊錢，雇用一個名叫寇提斯・W・G・布萊佛三世的巨無霸黑人，保護我們在光溜溜的游泳課上不受那些小混混的騷擾。）

在彼特納小姐的課上，瑪麗・祖普克坐在我的正對面。她寫給我一張字條。我發現她的筆跡圓滾滾的，這在女生裡很少見。她寫i的時候，上面的點會用一個圓圈代替。

親愛的波頓：

我覺得你對於希斯克里夫㉑的見解是我所聽過最感性的話了，連強尼．馬瑟斯㉒都比不上。我完全同意你所說的，就算多年不見，一個人還是可以永生摯愛著另一個人。

我很希望能更深入地了解你，你應該懂我的意思。

我覺得你非常感性。

今天來看球賽吧！一定會很精采！

瑪麗．祖普克

P.S.
我很喜歡你長髮的樣子。

這就是一開始我寫下這些的理由之一，有時候我很不擅長解釋事情，真的很讓人沮喪，但反正我決定去看比賽了。

總之呢，瑪麗．祖普克站起身去削鉛筆的時候，彼特納小姐正好轉身在黑板上寫指定作業。她們兩個人的屁股同時擺動起來，擺動的方式一模一樣。她們兩個自己都不知道。我很久以前就觀察到，人在寫黑板和削鉛筆的時候屁股絕對不可能不動，你可以自己試試看。

所以我去看了橄欖球賽，從此歷史又重演了。

8

看球的時候，我後面坐著一對情侶，他們忙著打情罵俏、沒心思好好看球賽（如果他們原本有心思的話），害得我也跟著分心。這樣的行為真的很不體貼。而且，看台上另一個集團學生們的加油聲那麼響，更讓人無法專心看球。

馬鈴薯片，馬鈴薯片，
咖，咖，咖，
南野隊加油，
吃光光！

㉑ Heathcliff，小說《咆哮山莊》中的男主角名。

㉒ Johnny Mathis，美國一九六、七〇年代著名黑人歌手，擁有眾多金曲，以磁性感性歌聲著稱。

光這樣還不夠似的，我發現坐在我旁邊的竟然是三年級的學年級長，這傢伙我超鄙視的，膚淺得要命。他每隔五分鐘就要以一種偽裝的方式，來提醒我他的尊貴地位，像是「我不認得你」或者「你一定不是高年級的，因為以我的職位，所有三年級的我都認識」之類的，然後期待我問他為什麼，這樣他就能告訴我他是學年級長。吼！我根本不屑他是誰好嗎！

有些人只在乎自己的人氣，我覺得這樣很不道德，因為除了所有人是不是愛你之外，生命裡還有其他重要的事，像是當義工陪伴有精神疾病的孩童或寫詩。但不幸的是，大部分青少年不這麼想，更糟的是，如果你去做這些事還會被奚落。好險我不在乎，再說誰需要他們的友誼，那種友誼只屬於在乎人氣的一小圈人。你要是沒人氣，他們就不喜歡你。他們不知道在下課時間孤單一人是什麼感覺。

在學校，我最痛恨的就是下課時間。所有學生湧進走廊，把置物櫃的門甩得乒乓響，吵到讓人沒辦法思考。他們聚在某些人——像是橄欖球隊的、啦啦隊隊長或是長得漂亮的人——的置物櫃旁，拚命說廢話直到上課鐘響，完全不關心課業，也不在乎其他沒說話對象的人。他們才不在乎呢，真是膚淺透了。

「謝啦。」邦妮．古德從那個學年級長手裡拿過一瓶啤酒說。她沒問過我是否希望她來看球賽，就逕自出現了。她是搭便車來的，這對她的名聲實在沒有好處（不過，她現在只有學習駕照）。她把啤酒遞給我，但我不喝酒。那只是一種炫耀的方式。

「嗨，小波！」穿著啦啦隊隊長制服的瑪麗．祖普克，在球場邊跳上跳下地，把我的注意力從邦妮身上轉開。

邦妮邊喝啤酒，邊嚼著水果糖。她和我媽媽一樣，把糖果咬得咔咔響。我向瑪麗．祖普克揮手時，她將手放到我兩腿中間一拉，害我跳起來至少有一公尺高，她哈哈大笑起來，啤酒灑了我一身。

「妳很幼稚。」我說。她裝出一副小女孩的表情，我站起來擦褲子，有個太保要我坐下，邦妮．古德回頭說：「閉嘴，否則他會打得你滿地找牙。」

每當我看到餐廳裡有小孩因為打翻牛奶被爸媽打耳光時，我就快氣瘋了，因此我決定坐下，因為我想我應該親力實踐自己的主張，況且那個小混混塊頭實在挺大的。

我注意到，庫里高中軍樂隊已經在球門柱後面整好隊，準備中場休息的表演。我看見小樹了。他拿著低音薩克斯風站在薩克斯風區裡。他選擇吹低音薩克斯風，是因為他喜歡它的外型，而且說自己有辦法吹出像是切起司的聲音。誰都知道這不是選擇某項樂器的好理由，其實小樹之所以能在我們一進庫里高中就加入軍樂隊，主要是因為全校沒有其他低音薩克斯風手。因為音樂會要排練什麼的，他可以常常蹺課。

瑪麗．祖普克繼續在那裡上下蹦跳，不時還劈個腿，雖然啦啦隊隊長是她的工作，但說實在，我不知道她還會劈腿。我向她揮揮手。

「那是誰？」邦妮問。我沒有回答，這又不關她的事。

庫里高中吉祥物紅雀進場了，是一個叫堅尼的學生扮的，他是個瘦到令人難以置信的傢伙，而且據說是個同性戀，這身神奇的裝扮讓他完全偽裝了起來。那件綴滿紅色羽毛的外衣，在他側手翻時還掉下一根羽毛。我聽說，有一次連尾巴都脫落了，還是眾所周知的同性戀家政老師帕詩華先生幫忙縫回去的。

邦妮講話常常胡亂用字，這讓我很受不了。我知道這樣還滿自以為優越的，我總是盡量避免，但碰到這種狀況就沒辦法了，這已經超出人性忍受的範圍。或許是我的詩人性格，讓我在碰到有人破壞我們的語言時格外忿忿不平，不過也有些詩人會故意用毀壞語言的方式來加強力量，像是康明斯㉓就會把自己的名字全部寫成小寫。

邦妮胡亂用字會讓我火大這件事，我從來沒告訴過她，也許永遠都不會。我有很多話都藏在心裡。許多詩人都這樣。他們會將自己孤獨的感覺表達在詩裡，而不是去參加辯論社什麼的。彼特納小姐說，詩是一種靈魂的速記。所以我才會對邦妮胡亂用字這麼火大。

紅雀做了一個後空翻，落地時差點跌到副校長高登先生身上。那些小混混們看到這一幕可樂了，只要是老師出醜他們都愛，不只是因為高登先生是有色人種的關係。

槍聲響起，代表上半場結束，軍樂隊即將上場。邦妮．古德突然開始狂笑，吸引我將目光也轉到軍樂隊身上，然後我發現小樹的帽子掉了，他想彎腰去撿時被隊友踩到。最後我叫邦妮別笑了，她回我說這是個自由國家，然後從學年級長那裡又拿了一瓶啤酒。

我覺得美國國旗不論到哪裡都有槍隨侍在側是不對的，譬如說在橄欖球比賽上，兩個儲備軍學生拿著來福槍站在那裡就很奇怪。我是個鴿派，就是反戰的意思。傑佛瑞從大學的嬉皮店買過一條和平標誌的項鍊送我，不過我拒戴，因為那樣做在某種程度上太流俗了。但他還是戴他的，另外還戴了一條象徵愛的彩色串珠，那是他有次以「快畢業」為名，蹺課搭便車去安娜堡藝術季時，一個女孩送他的。那女孩吸大麻。

軍樂隊演奏〈庫里高中萬歲，永保效忠與真心〉，包含瑪麗・祖普克在內的啦啦隊隊員開始隨著音樂齊唱，可是看台上的一些學生卻站起來大叫：

庫里高中噁，
庫里高中噁，
吃大便。

㉓ e.e. cummings，美國詩人。

這時看台底下突然傳出爆炸聲，是一群小混混在射煙火。我嚇得跳起來，邦妮開始嘲笑我。我把她推開。這是我第一次推女生，結果她哭了，搞得我更火大。我整個胃開始糾結，我握緊拳頭，直直朝她臉上過去。她尖叫著把手中的啤酒朝我扔，可是偏得十萬八千里。然後，她坐到已經擦乾但還是滿身酒氣的學年級長身邊，開始吻他。我胃裡燃燒的怒火直直衝向我的雙腿，讓我忍不住站了起來。這時軍樂隊正在演奏〈提華納計程車〉（Tijuana Taxi），有個小混混叫我坐下。瑪麗．祖普克從場上向我揮手。小樹的羽毛斷掉了。有五名警察跑到看台底下，一堆小混混試圖想爬過圍欄。

這時，我的目光越過了整個橄欖球場，看見了她。

有時候，你可以從很遠的地方分辨出某人的綠眼睛，雖然距離遠到根本看不見那雙眼睛，但等靠近時你就知道自己沒有看錯。我在四周一片嘈雜尖叫聲中站了好一會，然後走到臺階的地方，往下走。

這時的感覺，就像有時你會覺得自己好像置身在一罐凡士林裡，一切都霧茫茫、黏呼呼的。你好像什麼都聽不見，像聾了一樣。你是唯一有這樣感覺的人，其他人都不知道，霧茫茫、黏呼呼的是你自己的腦袋。

我開步朝她走去，直直穿越球場，穿過軍樂隊中間。小樹對我大叫，過來抓我的手臂。

我聽到邦妮．古德大喊：「我恨你。」我聽到瑪麗．祖普克大聲叫我的名字，但感覺不像在叫我。我聽見槍聲，那是鼓的聲音，軍樂隊移開了。有人吹哨子，叫小樹滾開。他叫他們去死，因為他們是要我滾。他跟著我穿過了橄欖球場。

我走到一半她就看見我了。她站起來。坐在她身邊那個打著領帶的男人說：「怎麼回事，親愛的？」但她沒有回答，他又問：「出了什麼事嗎？」她還是沒回答。她的外套袖口有著一圈毛邊。

她好像會發亮還是怎麼的，在人群中顯得那麼與眾不同。她的打扮看起來好像另一個人，但她還是原來那個她。

「潔西卡，妳會感冒——」坐在她旁邊那個打著領帶的男人這麼說。因為他抓住她的外套，而她為了擺脫他，乾脆將外套脫掉。她從看台上往下走，向我走來。有人在尖叫。我們兩個一起走到校園後方的垃圾場。她說她從沒來過這裡，我問她是指校園後方還是這間學校。她只是微笑。哈貝爾街和五哩路交叉轉角的地方有一瓶粉紅酒，大概是哪個流浪漢丟的。我知道過馬路時她一定會跨過它，於是搶先一步撿起來，想丟進垃圾桶，可是附近沒有。

「別喝喔。」她將酒瓶從我手上拿走，彎身放回人行道邊，再站起來。她穿的是高跟鞋。「過馬路吧，」她說：「綠燈了。」

踢踏快餐店前面聚集了一群黑人，他們盯著潔西卡看，因為她是那麼與眾不同。我們經過時，她對他們說嗨，他們也回她嗨。我沒有說話。他們是閒晃的混混。

我們距離球場已經有一個街區遠，但還是偶爾聽到陣陣響亮的加油聲。

「你們得分了。」潔西卡對著人行道微笑說。

五哩路上有許多商店都因為附近的窮困生態而關門大吉。很多窗戶上都被噴漆，成了青少年犯罪行為的犧牲品。我看著潔西卡走路，感覺好像在看3D電影，像是立體幻燈機放出來的一樣，只不過是會動的。時間或許是在白天，下午時分，天氣很晴朗，陽光從某種角度灑下來，在物體上造成陰影效果，讓東西看起來變得多彩而「戲劇化」。有隻狗拖著一份報紙經過，報紙上印著：「詹森同意大幅增加」，牠將報紙丟下，改叼起一塊甜甜圈，報紙被風吹走了。

潔西卡還是原來的她，我不知道怎麼解釋。她壓著被風吹起的頭髮，看著那張被風吹遠的報紙。我看著她。她轉頭看見我盯著她看。我數了，我們互相凝視著對方有十四秒。

有時我覺得有些事很古怪，譬如像看著一張報紙被風吹跑。感覺那報紙是活的，因為它動的樣子就像是有生命一樣，依我來看，要不是早知道那不是生物，你根本沒辦法分辨。曾經有一次，我假裝自己是一個外星人，看見報紙在街上飛，因為我是初來乍到的，所以以為地球人就是長這樣。這想法我沒告訴過任何人。還有一次，我走在七哩路上，人行道上的一張報紙正好被吹起飛到我胸前，然後就停在那不動。我知道是因為風的關係，但不知道為什麼，還是忍不住想到別處去，我大概是瘋了。感覺像是一張報紙在擁抱我。

我不得不先將目光轉開。我不是很擅長眼神的接觸。潔西卡繼續看著我，我又邁步繼續往前走。她跟上來走在我旁邊，當我們走到那張報紙邊時，她將它撿起來拿在手上。蘇薩絲街邊有一個垃圾桶，但她沒有把報紙丟掉，她還是繼續拿在手裡。

「妳看起來還是妳。」我說。

潔西卡只是微笑，輕輕地點點頭。「謝謝。」她回道。

「不客氣。」我注意到她的手指非常漂亮，指節的地方顏色一點也不深。「那我呢？」我問她。

她看著我。「我不知道。」她說。她閉上眼睛，腳步沒有停。我開始擔心她會絆到，於是走近些，伸出手臂預防她跌倒。她就這樣閉著眼睛走完一整個街區。「嗯……」她睜開眼，發現我伸開手臂站在她旁邊。「你打籃球嗎？」她說：「你看起來好像在防守。」

「不打。」我說。

「這個嘛，」她張著雙眼，繼續說：「我說不上來，小波。你知道，有時你晚上躺在床上，努力想像某個人的樣子，這人是這麼熟悉，但你就是想不起來。就是這種感覺。」

「喔。」我抓抓頭皮上一個幾乎禿掉的點，從九歲起就這樣了。

天氣有點冷，但還不算酷寒。我們沿著五哩路走。冬天再不久就要到了。我們八年前做那件事時就是冬天。做那件事的那晚，我們是走在嚴寒的七哩路上，感覺這差距好像遠遠不止這麼一些路。

我們經過一間汽車銷售店。在有「汽車之都」的底特律，汽車銷售店可以說無所不在。似乎有點諷刺，我們做那件事的那晚，也去了一家漢利—道森雪佛蘭車行，在那之後一個小時，我們在潔西卡的臥室裡做了那件事，然後我就像傑佛瑞說的「被驅逐到西伯利亞去了」。那時我才八歲，我連西伯利亞在哪裡都不知道。

「好冷，」潔西卡說：「我們進去吧。說不定有免費咖啡或什麼好玩的。」

我很好奇她抽不抽菸。我們走了進去，店裡沒有擺出來的免費咖啡，只看到銷售人員辦公室的窗子後面有一壺。潔西卡打開一輛福特野馬（Mustang）的車門，坐到駕駛座旁邊，對一個別著「銷售員」名牌的男人說：「我先生想看看內裝。」我砰地關上車門後，車內一片安靜，我左右打量著前座，是兩個獨立的凹背座椅，所以中間沒有隆起。新車聞起來都有一種味道，但這輛車的味道有點不一樣。是潔西卡的香水。聞起來好像上帝。

她一開口說話，因為是在車子裡，所以聽起來格外大聲，因此她闔起嘴巴，降低了音量。為了取信於銷售人員，我還左顧右盼做出查看的樣子，但她完全不在乎。

「我感覺好像後來發生的一切你都已經知道。」她說：「但怎麼可能？」她盯著我看了好幾秒（我沒數），疑惑地皺起眉頭。「你知道嗎？」

「不知道。」

「當然不可能。」她搖搖頭說。「我想把一切都告訴你。其實知不知道似乎已經不那麼重要了，」她咬住下唇，鬆開時留下白色的印子。「但我還是想說……」

接著她告訴我：

「我有個阿姨住在俄亥俄州的提芬市，媽媽就是把我帶去那裡。那裡有一所女子學校，她覺得阿姨一定會對我嚴加看管。她們是雙胞胎，彼此都憎恨對方。學校的名字是艾芙琳・珍薇女子學校，現在應該還是這個名字沒變吧。那裡專門培育好女孩，據說這就是我被送到這間學校的原因。其實，被送到哪裡都沒關係，我不在乎。我一直很愛我阿姨，雖然她這人很難相處，或許是因為她討厭我媽媽的關係。那種感覺很奇怪，我的意思是，有一個和自己媽媽是雙胞胎的阿姨不是常見的事。除了頭髮之外，她們的外表一模一樣，我阿姨比較時髦一點。不知道為什麼，我總忍不住想像她們還是小女孩的樣子，像所有雙胞胎一樣，穿著同樣的衣服，爭吵打架。

「我喜歡我阿姨，因為她會說髒話。我媽媽從來不會。關於爸媽的這一點，我也一直很好奇，為什麼我們在他們面前說髒話，他們總是一副震驚的樣子，好像他們自己在這個年齡時從來沒說過一樣。所有人在年輕時都會說髒話，不是嗎？」

「我不知道。」

「一定說過的，除非他們是貴格教派或什麼的。」

我聳聳肩。「我曾經在阿提那卡夏令營認識一些貴格派教徒。在營區附近有一個阿米什㉔村落，可以看到他們駕馬車經過什麼的。有一次我聽到他們對馬說：『去你的！』但事實上他說的是：『起來！』我的照護員說是因為我心理扭曲，才會在潛意識裡聽到去你的。他是修心理學的。」

「你知道，我曾經寫過一封信給你，」潔西卡繼續說：「我把信寄到你住的地方。就在我們做……」她停下來扁了扁嘴，「真的很荒謬，我找不到適合的說法來形容那件事。不是聽起來太汙穢，就是像某種手術什麼的。」

「我知道。」我說。

「我要為那件事發明一個專屬的詞，當然，你也可以用。」

「彩虹。」我說。

「彩虹？不行，太假了，應該要某種——」

「我是說妳的信。妳信上說，那晚妳夢見了彩虹，就在我們做……」

「看吧，我們需要一個適合的詞。現在來想吧。」

她大概不記得那封信的內容了。我心想，這是有可能的，在那之後她在性方面一定有很多經驗，看她的樣子就知道了。以她的年紀來說，她非常的成熟。她的指甲完美無瑕。

我從駕駛座的車窗往外看那個銷售員，難道他真的以為我們是夫妻嗎？而且他看不出來我是猶太人嗎？猶太人在發育成熟前——大概十六歲吧——是不能結婚的。他正在一輛車的擋風玻璃前整理頭髮，看起來用了不少髮油的樣子。

「我媽媽氣瘋了，我想你應該知道。」潔西卡說，我轉頭看她。「去提芬市的一路上，我們不停吵架，最後達成了一個協議。她說我可以寫信給你，不過要等到兩個月之後。」她又做了個鬼臉，點點頭後繼續說：「我媽媽她很聰明。應該不是聰明，是精明。」她看著我說：「我喜歡精明這個字眼，聽起來就很精明的感覺，是吧？」

「擬聲詞，」我回她：「之類的。」

「喔，反正呢，她知道小孩子的記憶力是很短的，兩個月之後，我就什麼都全忘光了，何況我人還在俄亥俄州的提芬市。非常聰明。」

我看著她，等她繼續往下說。但她只是閉緊雙唇，又點了點頭。

「那妳有嗎？」我忍不住問了，因為我等不及想知道答案。她驚訝地抬頭看著我。

「有什麼？」

「妳有忘記嗎？」

㉔ Amish，一個拒絕現代生活，遵循傳統簡樸生活方式的族群。

她沒說話。我呆呆地看著她，她沒回看我，所以我可以繼續盯著她看。這時我的手肘靠在方向盤上，按到了喇叭。所有人都在看，那個銷售員走上前來。

「只是測試一下。」我對他說。

等我轉回頭，看見潔西卡用手指在車門上答答敲著。她還是沒有回答，不過手指卻越敲越用力，聲音響到有點讓人不舒服。

「我自己也很疑惑，」最後她說：「我不知道什麼是忘記。天殺的，我們當時才八歲而已。」她搖搖頭。「我這輩子還沒說過天殺的這個詞，感覺好奇怪。」她搖下車窗。「先生，」她對那個銷售員說：「這輛車多少錢？」

那人再次走近過來。「就寫在窗戶上。」

她看看後車窗，只能看到標籤的背面。

「親愛的，我們走吧。」她對我說。

五哩路上的一切都顯得陳舊。這應該是一個糟糕的街區，也就是說這裡住了很多黑人，就我來看這是一種歧視。我覺得歧視是人類最糟糕的行為，因為這樣很不公平，曾經在埃及的土地上被視為奴隸的猶太人（踰越節時都會講這些故事），應該更清楚這一點。

「我媽媽絕不會讓我上庫里高中。」我們經過一家嬉皮店時，潔西卡說。

「我本來應該去凱思高中的資優班的。」我回答她：「但那裡太勢利了。坦白說，我討厭勢利。」

「我知道。」潔西卡把手按在櫥窗上。「那種地方會讓你也變成其中一員，對嗎？」

「什麼？」

「覺得自己比那些讓你變成勢利鬼的勢利鬼更優秀，不是嗎？勢利鬼的勢利鬼，聽起來好蠢。」

「所有的語言都很蠢。」我說：「說話本身就很蠢。」

潔西卡在嬉皮店蒙塵的櫥窗上寫下「勢利鬼」三個字。她的字斜斜的，看起來像是某個良家婦女的筆跡。她把弄髒的手指在衣服上擦了擦，我先是驚訝，然後趕緊把嘴蓋住裝作沒事。這舉動真的讓我很吃驚。

「我以前總覺得桃子是麂皮做的。」她說著，又開步向前走。「你呢？啊，你看！」

在綠野街的街角，有個老人正將頭探進垃圾桶裡看。他從裡面翻出一顆藍色的球，立刻在人行道上拍了起來，但球的氣已經消了大半，所以彈起來歪歪的。然後他撿起球往空中拋，剛好一陣風吹過，感覺那球好像氣球一樣浮了起來。

我脫下外套，披在潔西卡的肩膀上。我看過電影裡脫埃．唐納荷（Troy Donahue）這樣做過，個人拙見，我覺得他很懦弱。在義大利，人們穿運動夾克是用披的，手不穿進袖子裡。

「我不冷，小波，」潔西卡對我說：「不過還是謝謝你，很體貼。」我讓她繼續披著沒拿回來。如果她不穿的話，我也不會穿的。就像繫安全帶一樣。如果和某個不繫安全帶的人一起坐在車裡，那我也不會繫，因為如果發生車禍的話，我不希望他們死了我還活著。

「你看那裡，」她指著另一家嬉皮店的櫥窗說。五哩路上有很多嬉皮店，因為這附近有一個花派嬉皮㉕組成的嬉皮社區。「看起來好像抽菸的柴郡貓㉖。」

「柴郡貓不會抽菸。」我糾正她：「抽菸的是毛毛蟲。」

「是嗎？」她這樣講話好像法國人。美國人會說「什麼」，而不是「是嗎」。她又接著說：「那消失的是哪一個？」

「是毛毛蟲。」

「那柴郡貓做了什麼？」

「什麼都沒有，就只是微笑而已。」

「沒錯，不過那也不算什麼都沒做。毛毛蟲說了什麼呢？牠說有些——」

「毛毛蟲沒有說話，是柴郡貓說話。」

「好吧，那牠說了什麼？」

我看著她說：「妳是誰？」

她對著窗玻璃，一遍又一遍無聲重複著你是誰三個字。她的嘴唇是粉紅色的，雖然我知道她沒有搽口紅。

我們轉彎到綠野街上，一輛消防車疾駛而去，警報器嗚嗚作響，後面還跟著一輛紅色的汽車。

「那輛車不是和消防車一起的，」我邊觀察邊說：「只是一輛普通車，剛好是紅色的而已。」

「了不起。」潔西卡說。突然間我生起氣來，我不喜歡因為分享自己的觀察而被同年齡的女生取笑。潔西卡發現我不高興，於是說：「對不起，小波，我沒有要取笑你的意思。只是說錯話了，我絕不會取笑你的。」說到這她又咬起嘴唇，想了一會後說：「就連以前，我也沒有取笑過你。」她說著突然哭了出來，然後擦擦臉上的眼淚，安靜下來。我的胃痛了起來。

我們沒有說話，繼續往前走。兩人的手都自然擺動著，就像所有人走路時那樣，我心想我們兩人的手如果不小心碰在一起會怎麼樣。我稍微離她遠了一點。陽光越來越斜了（因為時間，以及季節的關係），光線照過她的鼻子，在她臉上形成一道紫色的陰影。鼻

㉕ flower children，因常佩花或手持鮮花來宣揚和平與愛而得名。

㉖ Cheshire Cat，《愛麗絲夢遊仙境》裡的笑臉貓。

子的形狀使得陰影的邊緣顯得非常直，像是畫出來的一樣。

「你一定很冷吧。」她終於又開口了。我回她說我不冷，但其實是假的，不過我不想讓她知道。她沒有將外套還給我，想必一定是覺得冷。走著走著我以為她又會哭出來，不過沒有，她開始繼續說話了。

「我到艾芙琳．珍薇女子學校好幾個月後——先提醒一下，我現在要繼續說我的生命歷史了——幾個月後，我開始覺得無聊，所以開始逃跑。也不算真的逃跑，就是離開一下而已。我去到一家咖啡館，沒有人來打擾我，因為所有人都各自在忙，以為我是有人陪的。我習慣坐在外面街邊的座位，找人說話，假裝我爸媽隨時都會出現。我經常說謊。我常說，我只是暫時待在提芬市，因為我的馬在越野障礙賽中跌倒，必須在醫院裡動手術。我想像自己是電影《玉女神駒》之類的。我還常告訴別人，我的馬被衛生紙全身包住，這樣藥膏才不會掉。

「然後有一次，我告訴一個男人我是妓女。當時我大概十一歲吧，我連妓女是什麼都還搞不清楚，只是聽來的。我以為是護士的意思。很好笑，他一直問我一些問題，然後我就編答案回他，但突然間，我意識到這個詞的意義，才知道那男人的話是什麼意思……」她又開始哭了。她雖然在哭，但臉上仍帶著微笑，可是突然間她用手掩住嘴巴，開始發起抖來。我不知道該怎麼辦，只能看著她。她做了個深呼吸。「我知道他講的就是我們做的那件事，小波。我從來沒想過那是這麼回事，突然間事實就這樣攤在眼前，太可怕了。」

我將手扶在她的背上。她將頭靠到我身上，我挪近一步讓她可以靠著。

「隔天，我到阿姨家。我告訴她那個男人的事。她只是靜靜坐著讓我哭，好像一點都不關心的樣子。然後她說，這就是成長，在面對未來的同時，也必須面對過去，而且最後我很可能會發現，這兩者其實是同一回事。我跑進另一個房間尖叫，但她沒有來幫我。我思考這件事整整一個星期，完全沒去學校。然後我發現，她講的話其實沒那麼可怕，因為如果過去是好的，那就表示未來也會是好的。但我必須把過去搞清楚才行。而我的過去，不就是你嗎，小波？」

人行道看起來像是水果蛋糕，水泥地蛋糕裡有著各式各樣不同的石頭。潔西卡故意碰了我的手，我立刻將手移開。我也不知道自己為什麼有這種反應。她假裝沒有這回事的樣子。於是我若無其事地去碰她的手，她沒有閃開。

「就是你啊。」潔西卡點點頭說，我閉上眼睛。一輛車開過，車裡是一夥青少年，對著我們大叫，其中一個人拿著代表庫里高中的紅色和黑色彩球。感覺他們和我的距離似乎有好幾哩遠，或者好幾個月。

我們來到克伊公園。這裡有很多我童年的回憶，但不全然是快樂的。我十歲時曾經自己晃到這裡來，因為學校操場有一群「大孩子」正在玩從蚱蜢身上擠出「菸草汁」的遊戲，我覺得非常殘忍，小樹本來也一起玩，但後來他察覺我在發火，就攻擊了其中一個大孩子，結果差點被揍扁，幸好我幫他揍了其中一個對手，然後我就獨自跑來克伊公園了。

鞦韆架濕漉漉的。公園裡有一個區塊標示著「遊樂場」，裡面有一些彈簧木馬之類的遊戲器材。潔西卡選了一張搖搖板，坐了上去，用腳使力在地上推。彈簧發出怪聲，好像在說話一樣。天已經幾乎全暗了。

「我阿姨在二次世界大戰時，在美國陸軍婦女隊（WCA）裡，」潔西卡說，她的語氣好像在學校集會上發表演說似的。「當時她在荷蘭的阿姆斯特丹。她遇見當地的一個裁縫師，他們陷入愛河。她要撤防的時候——是這麼說的嗎，撤防？——反正她必須離開就是了。」她因為搞不清措詞傻笑了一下。「他們發誓要互相寫信。但她回到提芬市後，一封信也沒收到過。

「她和母親以及我媽媽住在一起。她寫信到阿姆斯特丹給那個男人，但他從未回信。她還是一直寫。

「後來她結了婚，嫁給提芬市的一個普通男人，在那裡有了兩個孩子。後來我外祖母過世，他們在她的閣樓裡發現一個大箱子，裡面有那個阿姆斯特丹的裁縫師寄來的七百多封信。我阿姨的母親多年來都祕密地把信藏起來，她之所以攔截這些信，是因為她覺得我阿姨太年輕，不應該牽扯到這種事。她說如果你朝思暮想的只有一個人，就不是什麼好事。整件事我媽媽從頭到尾都知情。

「因此我阿姨飛到阿姆斯特丹去，她就這樣拋下了丈夫和兩個孩子。那個裁縫師還在那裡，還在原來的地方。她搬過去和他在一起。他一直沒有結婚，他說，因為除了他夢中這個女孩，他的心沒辦法定在任何女人身上。他們結了婚。六個星期後，他死了，心臟上的一塊疤還是什麼的害死他的。」

「像這樣的事不會發生在現實生活裡。」潔西卡說。她用腳趾抵住地面，讓搖搖板停下，然後站了起來。「但還是真的發生了。」

邦妮．古德大概和那個三年級的學年級長一起回家了，而且兩個人肯定都醉醺醺的。瑪麗．祖普克則可能和其他啦啦隊隊員和球員們一起開派對去了，這是每次球賽結束後一定要有的，而且還會玩脫衣撲克。可是小樹，他會獨自一個人搭公車回家，他穿著制服、拿著低音薩克斯風，在夜色中等車，一個比他大一些的女孩問他穿的是什麼制服，他會說他加入了外籍兵團。那是他從電影裡看來的。

「妳看到月亮老人了嗎？」

「是一張臉嗎？還是頭呢？我一直搞不懂人家說的月亮老人是指整個身體，還是只有頭。你看過嗎，小波？」

「我在《傑奇・葛里森秀》（The Jackie Gleason Show）裡看過。一開場他的頭就在月亮裡面，感覺上就好像月亮老人。」

為了取暖，我們坐進克伊公園一輛讓小孩攀爬的假馬車裡，透過車窗往外看著月亮。

「橄欖球賽時，坐在妳旁邊的是誰？」

「一個朋友。」潔西卡說：「一個熟人。我未婚夫。他是個律師。事實上，這月亮看起來比較像瑞士乳酪。」

在某一集《湯姆和傑利》的卡通裡，牠們兩個被一支煙火帶到月亮上，那個月亮就是瑞士乳酪。湯姆和傑利從來不說話，背景永遠放著經典音樂，然後牠們用平底鍋互相砸來砸去。非常幼稚，我很討厭牠們，討厭到極點了。當我們坐在公共馬車裡，潔西卡說到她的未婚夫時，我想到了牠們，然後我就胃痛起來，或許是我太討厭牠們的緣故。雖然我才十六歲，遠遠不及他那麼成熟，也不是律師，但這對我超乎年齡的智力來說是一種侮辱。突然間，我開始哭了起來，但我靠我的成熟忍住了。我的成熟度也是超乎尋常的，雖然我的年紀沒他那麼大。

「別這樣。」潔西卡說，因為我用拳頭猛捶馬車，就像她在福特野馬裡那樣，只不過因為馬車是木頭做的，我的手可能流血了。「來，我們需要一點運動。」她說著抓住我的手，把我拉出馬車，開始跑了起來。我放手，她立刻跑得不見蹤影，我站在原地，因為我的胃痛得太厲害，痛到我快站不住。有雲遮住了月亮。雖然我知道這裡是克伊公園，但我感覺自己像是迷失在某個不知名的地方。我想上床睡覺。

潔西卡從背後抓住我，我打了她，她尖叫了一聲，轉過身跑開。我追在她後面，因為我不是故意打她的，是她突然抓我，我嚇了一跳。她聽了我的解釋後，點點頭說我知道，我知道。我們沉默地穿過公園，可以聽見附近房子裡傳來的電視聲音。潔西卡停在一棵樹下，讓垂下的樹枝拍打過她的臉。她的眼睛是閉上的。

「我曾經看過有個男人像這樣跑過公園。他笑得和瘋了一樣，因為他肩膀上坐著一個小男孩，兩人玩得很開心。他不知道有樹枝一直打到那小男孩的臉。小男孩尖叫，但那爸爸沒有聽見，因為他笑得太大聲了。等他停下來的時候，才發現小男孩的臉上都是血。那是我第一次看到一個男人哭。」

「妳為什麼回來？」我說。

她抓住一根樹枝，扯下尖端的部分。

「我在艾芙琳．珍薇女子學校每一科都得A，」她說：「我很聰明，但我從來不用功。我對學校沒有興趣，唯一一次例外是因為一個男人，他是學校的老師。為了讓他印象深刻，我甚至還稍微用功了一下。我請他出去喝咖啡，從此掀起了一陣騷亂。我還記得他留著鬍子，當時我十四歲。」

她突然用一隻手臂抱住我，並且拉起我的手讓我也抱住她，我把手扯回來，但她只是繼續說下去。

「我在提芬市念完了高中，我跳了兩級。媽媽一直要我回來，但我不想。」

「潔西卡，妳為什麼回來？」

妳，拜託說說妳自己，我心裡想。我感覺她動了一下，或者是因為雲移開的關係。她站在我旁邊，看著對街的房子。

「你認出我了。」她說，然後我看見她又哭了起來。「你隔著一整個橄欖球場認出我來。」

我每星期只需要刮一次鬍子。我伸出一隻手摸摸臉上刮過鬍子的地方，另一隻手空著。有些人不需要理由就相信，有些人因為某些理由而相信，有些人什麼都不相信。她深深吸了一口氣，我感覺像是從我這裡吸過去的。

我們牽著手往勞德街走，那裡是我的街，而且我們的小學在那裡。一路上我們的手都沒放開過。我們跨過草坪邊禁止跨越的鐵鍊，走到寇提斯門邊。我曾經穿著超人裝站在這裡，因為媽媽太晚叫醒我，讓我錯過了萬聖節派對。我還記得當時的鐘聲好響，害我不得不遮住耳朵等它打完。

現在感覺上沒那麼大聲了。

對街有某人的母親叫他別抽菸，把窗戶打開。他們是黑人，還聽得到唱機在播放音樂。

「我媽媽說這附近的住戶正在改變，」我說：「她都快瘋了。」

「現在住在我家房子裡的不知道是誰。」潔西卡說。

我們沿著學校周圍走，最後停在操場的柵欄旁邊。柵欄頂端有一排帶刺的鐵絲網，但柵欄門是打開的。對街傳來的音樂聲更響了，是靈魂樂。

我不喜歡你，
但我愛你。
不想要吻你，
但必須吻你。

潔西卡把手放在柵欄上，然後將下巴靠在上面。街上有人在喊把音樂關掉，但他們卻越放越大聲。

喔，喔，喔，

你對我真壞。

我愛你如狂。

你真的讓我無法自拔。

「我不懂那是什麼意思。」她說。她輕輕跟著哼〈愛你如狂〉。「聽起來好像是發瘋了一樣，」她搖搖頭說：「我不想發瘋。」

又飄來一片雲，將月亮切成兩半。潔西卡放開柵欄，再抓住。「我不想發瘋。」她說。我把她的手從柵欄上拿下來，然後我們穿過柵欄門，走進操場。她抓起我的一隻手，放到她的背上，然後握住我的另一隻手。我們保持這個姿勢在原地站了好久。我們的腳兩兩相對，她突然輕輕踏了幾步，動作輕得幾乎看不出來，我也跟著踏起來。我們的腳面對面，再移到對方側邊，然後踏進彼此的腳之間。

對街傳來的音樂停止了。有人關上窗戶，燈也熄滅了。潔西卡挽著我脖子，她說請抱住我。月亮看起來好藍。它浮在雲端，像是有人放開繩子讓它浮在空中。

9

約翰・藍儂說，〈露西在綴滿鑽石的天空裡〉是他兒子有天放學後所說的話，不過聽起來實在太過巧合，所以這首歌或許真的像大家所想的，是一首吸毒的歌。不過小樹對此有不同意見，而且他覺得〈靠著朋友們的一點點幫助〉（With a Little Help from My Friends）講的是友誼。至於傑佛瑞的看法，反正所有東西都和毒品有關，他的腦袋裡沒有別的東西。

這段爭論發生在橄欖球賽隔天的早上。小樹按照慣例，在星期六來我家玩，和往常一樣襲擊過糖果罐後，來到我的房間。我趴在床上。

「你就只有這些嗎？」他說：「只有靈魂樂？沒有迷幻樂嗎？這些都是好幾年的老唱片了，你什麼時候才要買些新的？」

我根本懶得回他，因為我快累死了。昨天晚上我又做了那個夢，從我八歲起就不斷重複出現的夢。小樹每次來，都會在我房間裡東看西看，好像他是私人偵探什麼的，但我所有的東西他早就全看過了，我們打從出生就認識到現在。

他躺到房間的另一張床上。那是蘇菲還住家裡時傑佛瑞的舊床，他現在週末回家時住在蘇菲原來的房間，因為蘇菲每星期只回來兩天。

「至少聽聽『協會樂團』（The Association）之類的吧。」小樹說。他很愛「協會樂團」，因為有一次播〈珍愛〉（Cherish）那首歌時，他成功親到了瑞秋・溫斯坦。「傑佛瑞要回來嗎？」

「應該吧。」我說：「把那個放下好嗎？」

「我又沒弄壞。他是搭巴士回來嗎？」

「騎機車。」

「老傢伙知道嗎？」

「你覺得呢？」

老傢伙指的就是爸媽。他們當然不知道，知道的話會氣死。

「車是他室友的。」我繼續說：「他說是一輛哈雷，他們兩個要一起回來度週末。」

「他一定有嗑藥吧？」

「當然。」

「他們會暈得像屎一樣。」

「你一定要這樣講話嗎？像白痴一樣。根本聽不懂你在講什麼鬼。」

「你自己不夠聰明，就別叫我白痴。你不是大詩人嗎，怎麼會聽不懂是什麼意思？」

「你就是個白痴。只有白痴才會忘記自己的密碼。」

「我沒忘記，只是密碼太多搞混了。有人想開我的置物櫃，我的低音薩克斯風擺在裡面。」

「對啦，你的低音薩克斯風搶手得很。」

「那張畫是哪來的？」小樹換了個話題。他常用這個方法來避免顯露自己的愚蠢。

「你在開玩笑嗎？那張畫掛在那裡七年了，你是瞎子嗎？」

「你想知道哪個答案。我是不是開玩笑，還是我是不是瞎子，這太複雜——」

「我買的。我小時候用郵購訂的，是《遊行雜誌》的封底，從我九歲時就一直掛在那裡了。」

沒錯，事實上，這張畫名為〈自由狂奔〉，畫面是一群馬狂奔在西部平原上。跟畢卡索比起來當然是業餘得很，但它會讓我想起一些沒有人會了解的東西。有時候，那畫面會真實得像是要從畫裡跑進我的房間來，我甚至可以聽到噠噠的馬蹄聲。這件事我從沒告訴過別人，他們會以為我瘋了。

「是喔，好吧。你只有靈魂樂，沒有迷幻音樂喔？」

沒錯，我唯一的選擇就是靈魂樂。大部分是「誘惑樂團」（Temptation）的，他們來自摩城（Motown），恰巧就在底特律。每年我們都會到福斯劇院，去看「誘惑樂團」領銜演出的摩城回顧音樂會。來表演的還會有「奇蹟樂團」（Miracles）和盲人歌手史提夫·汪達等等。我們是唯一的白人觀眾，雖然有生命安全的疑慮，但為了欣賞音樂我們還是會去。

「誘惑樂團」的眾多金曲裡，我最喜歡〈我的女孩〉（My Girl），是他們最棒的一首。

「一定還要再聽這個嗎？」小樹說。

「我不屑回答這個問題。」我說，然後發現小樹正盯著我看，我側躺起來面對著他。我迎向他的目光，發現他表情很嚴肅。我等著他轉開視線，但他沒有。

「你不要跟我說什麼照張相片保存更久的屁話，」他說：「因為我認識你一輩子了，我有權利知道。」

「知道什麼？」

我當然知道他在說潔西卡。我翻過身面對著牆壁，不知道要說什麼。我閉上了眼睛。因為整晚沒睡，我現在有顆「氣球頭」。去年我和爸媽吵架，於是跑去傑佛瑞的大學找他，小樹陪著我一起蹺家，我們整晚沒睡，最後搭灰狗巴士回來，小樹把這趟旅程稱為「存在主義者的假期」。他說隔天他的頭就像氣球一樣。他還說，宿醉後——他有時礙於同儕壓力的後果——的隔天早上也會有相同的感覺。

「怎樣？」

我翻過身來看著他。後院傳來叮噹噹和引擎的聲音，是哈雷機車到了。

「小夥子們！」爸爸在樓下叫道，這代表早午餐準備好了。我起身，走到走廊上。

「快喲！」

「你爸講話怎麼像牛仔一樣？」小樹說。

我到樓上的浴室去洗手，小樹跟著進來，兩人笑鬧亂鬥了一番才下樓去。

「一切都準備就緒，」傑佛瑞站在那裡說：「很久之前就已經備妥了。好幾千年，好幾輩子前。」他微笑著點點頭，眼睛閃亮亮的。他伸手爬過自己的一頭長髮，用力往下拉過額頭、閉上眼睛說：「真的是太美了。」

「什麼東西太美了？」媽媽問：「戴夫，什麼太美了？」

傑佛瑞放開頭髮，看著她說：「一切都太美了，妳沒看到嗎？」

「看到什麼？」

「傑佛——」爸爸開口了。

「不！別說話！」傑佛瑞說：「言語只是幻覺，會說謊，無法施展任何魔法。」他又閉上了眼睛，微笑起來。「還有那個，也美極了。」

他旁邊站著另一個男人，金髮，高個子，穿著緊身T恤、牛仔褲和摩托車靴，曬得很黑。他從頭到尾臉上都掛著微笑，但沒說話，只是用他的藍眼睛輪流看過圍成一圈的我們。小樹看著窗外的哈雷機車，他愛死摩托車了。那輛哈雷是全黑的，座位後面原來是穩定桿的地方，改成了一支往上的三叉戟。

「我聽不懂，傑佛瑞，」媽媽說：「你在說什麼，是什麼意思？」

「我的意思是所有一切，媽媽，所有的永遠的一切。」他仰起頭，用雙手蓋住眼睛，他的指甲全都咬得爛爛的。

「還真是至理名言。」媽媽看著小樹說。

「我想他說的是一切的意思。」他回道。

「年輕人，說再多也沒用，」爸爸說：「你別想騎那玩意去北邊，就這樣，沒得商量。」

「你騎那東西是在玩命。」媽媽也附和著說。

「我不知道他們在大學裡到底塞了什麼蠢東西在你腦袋裡，但如果這就是每年花兩千塊學費換來的，那你別指望我付錢了，孩子。」

「你爸爸的意思是——」

「親愛的，我不需要你替我翻譯。我的意思就是，我還是你的父親，即使你現在比我高一個頭，我還是有辦法收拾你。還有說實話，我不太欣賞你和你的朋友打扮的鬼樣子，所以不好意思，我們這段沒營養的蠢話就到此為止，反正你別想騎那輛摩托車到任何地方，如果你還想爭辯，我會一拳揍到你臉上，懂嗎？小鬼。」

傑佛瑞看著爸爸。

「真美。」他說。

爸爸誇張地拍了拍自己的大腿。「送他到安娜堡去，結果像是從火星回來的……」

「也許他吃完東西後，會比較容易了解一點。」媽媽說：「他的表達方式會不同。」

她開始動手想將預先打好的蛋下鍋。

「不！」傑佛瑞突然大叫：「不！不！不！」他走進圍成一圈的我們中間，跪了下來。「對！對！對！」他尖聲叫了起來。

「什麼？」媽媽說。

「什麼！什麼！什麼！」

「兒子……」

「兒子！」傑佛瑞伸手蒙住耳朵。他抬頭看著懸在天花板上的球形照明裝置，用拳頭捶著自己的胸。「兒子！」他說著向印有「奇異」標誌的燈泡高高舉起雙手。「太陽！㉗」

媽媽瞪大了眼。小樹靠到她身邊說：「同音異字。」

「起來。」爸爸說：「給我從地板上起來，拜託，有點男人的樣子！」

「我是個男人。」傑佛瑞開始痛哭流涕。「我們都是男人。我是男人，男人是我。」

他往他已經僵住不動的朋友腳邊爬過去。「我們是一體的，所以我們一定要一起去。」

㉗與兒子同音。

「去北邊嗎？好，我們搭巴士去。」

「不行，我們一定要騎天馬去。」

「天馬？」

「他是指那輛摩托車吧，戴夫。我想他是在說那輛車。」

「親愛的，我不管他說的是什麼——」

「我們一定要騎天馬去！天啊，你怎麼聽不懂呢？」傑佛瑞開始用手猛捶地板，一會哭一會笑的。「我們都是一體的，你看不出來嗎？我們都是天使也是妓女。妓女和天使！我是一個妓女——」

「別說了，站起來——」

「不！我是一個妓女！我們都是妓女和天使！我也是天使。你也是天使和妓女，媽媽也是妓女——」

「你給我起來。」爸爸一把抓住傑佛瑞的襯衫將他拉起來，然後推到洗碗機旁。「你敢叫你媽妓女，你這個混蛋！」他將他拉到面前，再往烤箱上推。「我打死你，你——」

「好啊！」傑佛瑞大叫。「你把我打死啊！」

「閉嘴。」

「打死我啊，要是你蠢到——」

傑佛瑞的臉倏地往側邊一轉，但不是他自己轉的頭，是爸爸一巴掌打過去的。他掙脫開來，踉蹌地轉了個圈，然後他張著嘴巴盯著天花板，做了幾個上下屈膝的動作。

然後他揍了我們的老爸。他雖然個頭比較大，不過沒有爸爸來得壯，但他已經幾乎發狂了，所以不停一拳又一拳地打在爸爸胸膛上。爸爸往後倒，把洗碗機都撞翻了，但還好穩住沒跌到地上。他嘲笑傑佛瑞。他站穩之後，就像拳擊手一樣握起拳頭護在胸前，一步步接近傑佛瑞，準備出拳。他一邊笑，一邊一拳打中他的手臂。傑佛瑞倒在地板上，像嬰兒一樣尖聲哭叫起來。我從沒聽過他叫這麼大聲，好像喉頭都要吐出血來一樣。突然間，他跳了起來，全速朝爸爸衝過去。

「你們這對父子是怎麼回事？」媽媽哭喊著。

我冷靜地看著一切。我走向傑佛瑞的朋友，直直看著他的眼睛。他還是微笑。我瞪著他。他的目光輪流在我家人身上轉來轉去，臉上始終帶著微笑。

「你錯了。」我對他說。然後我從後走廊走出去，將那輛摩托車移開，再把我們的奧茲摩比從車庫開出來。

10

「他叫它天馬？」潔西卡說。

我用手指在方向盤上敲著。我老是忘記按哪裡喇叭會響，所以有時我會在方向盤上到處按試著玩。我不喜歡喇叭。

「是啊，」我答道：「他真的是……」但我找不到適合的形容詞。詩人常常不太擅長說話，因為是用詩的方式在思考。

「茫了。」潔西卡說。

「對。」

我最討厭吸毒的人說「飄」這個字。你可以說茫了，嗨了，炸了，但「飄了」聽起來像發瘋一樣，好像沒辦法再回復正常。我鄙視這個字。

潔西卡不知道我早就到了。她穿著白襯衫和牛仔褲，頭髮像電影裡吉蓋兒（Gidget）一樣紮起馬尾，但看起來又完全不同。她沒有化妝，但幾乎和化了妝沒什麼差別，坦白說我贊成化妝，因為大多數女生化了妝比較好看。說實話，我自己有時候也用護唇膏。

「那你爸媽呢？」她問：「他們會嫌惡你哥嗎？」

「他的褲子上畫滿了螢光漆，我媽說那在哈得森商店要十三塊一件。」

她聽了大笑。她的香味飄過整個前座傳過來，這距離遠遠大過我的期望。她倚在車門邊，沒有往我這邊靠，但我心底是暗自希望她靠過來的。

「那我呢？」她說。

「妳？」

「你爸媽對我有什麼看法，他們對我回來有什麼想法？」

「我沒告訴他們。」

我將我的詩藏起來了，因為怕媽媽來房間打掃時會看到，就以為我遭受了什麼痛苦折磨，她老是這樣。她不了解我，但我想這也沒什麼大不了，因為沒有人了解。

「你告訴小樹了嗎？」

「不算有說。但他問了。他很怕妳。」

我期待她會問為什麼，但她沒問。她只是理解地點點頭，彷彿她早就知道了。

「他害怕妳會對我做出什麼事。」我繼續說，她看著我，還是沒有加以評論。

「我討厭這棟房子。」她說：「我媽媽一點品味都沒有。」

我沒有回答。我無法判斷潔西卡是在逃避話題，或者思考方式真的那麼獨特，我們的對話才會這麼前言不對後語。或許是我自己的因素。以郊區來說，這棟房子還滿體面的。南菲爾德市㉘是有名的猶太城，不過藍頓太太絕對不是。

㉘ Southfield，位於底特律市近郊。

「妳的宗教信仰是什麼？」

「重要嗎？」

我打了方向盤一下，喇叭沒響，奧茲摩比的車喇叭是設在側邊。我本來希望會響的。

「只是問問。」

「佛教，和披頭四一樣。」

「他們不是佛教徒，是印度教。」

「我媽媽絕對是一點品味都沒有。」她拿手指在車窗邊緣畫，然後像個小孩子一樣上下來回畫著，手指頭髒了，她往牛仔褲上一擦，然後舔舔手指後又抹了一下。她將雙手疊起，又張開，深吸了一口氣，再呼出來。她轉過身來說：「我很抱歉把你弄瘋了，我應該負全部的責任。」

「我沒瘋。」我生氣地說。

「我是說以前，當初那時候。」

「我當時沒有……」她不肯看我。以一個愛看人冠軍來說，這反應不太尋常。「我當時也沒有瘋，我只是不太穩定。」

她又點頭。她點頭的動作用力得像是一台機器，彷彿一輛蓄勢待發的車。「好，小波，我很抱歉害你那時候變得不穩定。」

「潔西卡——」

「對於所有一切該死的事情，我都很抱歉，好嗎？」

「不好。」

「好，那我一點都不抱歉。」

我發動車子，噪音很大，因為媽媽曾經在家門口擦撞到人行道邊，把消音器撞壞了，爸爸又不肯去修理。

「我們要去哪？」潔西卡問。

我不知道，所以我沒回答。我想要離開，但我不知道究竟是想逃離什麼。潔西卡家所在的南菲爾德市，有許多彎彎曲曲的小街道，不像我所熟悉的城市裡，道路多半是筆直的。總之我還是繼續開，只是要隨時留意各種號誌和路標之類的。郊區有一堆路標都是河流或樹的名字。曾經有一條街是由我的名字命名的，因為爸爸在某個地方做過工程，結果他們就把那裡命名為波登巷。我從沒去過那裡。

我不管速限，開得很快。又因為週末的關係，交通相當順暢，讓我可以一路向前奔馳不需要停。我開上高速公路，切到左線道，開始加速猛衝。潔西卡顯然被我開車的方式嚇到了，但我不在乎，因為我受夠了別人告訴我該做什麼，而且我心裡在想別的事。

我在想，如果現在潔西卡和我是一起出發去某個地方，像是旅行之類的，會是什麼樣子。我想像那個畫面，有牛啊什麼的，背景不完全是鄉下，不過有我超喜歡的松樹。在連綿不絕的樹蔭下，松針在地面鋪成柔軟的床。花粉熱也不重要了。我想像一個牧場，有一頭小牛和牛媽媽，我和潔西卡去清理溝渠。

「小心！」在我幾乎撞到一個工程路障時，潔西卡出聲警告，但她不像一般人再多說什麼，只是靠回椅背，將車窗搖下來。我知道，她喜歡速度感。

「妳安全帶繫了嗎？」我問她。

她沒回答，但我知道她沒繫。我將自己的安全帶也解開。

「你知道，有時候減速也會造成交通事故。」她說。

「謝謝提醒。」我回嘴。

因為沉浸在自己的思緒中，我不是很想說話。我駛離高速公路，轉彎上了高架橋，反方向往回開，還是同樣以最高限速前進。

高速公路沿線矗立著許多嶄新的建築物，大部分都是那種我覺得很膚淺的現代建築。爸爸說過，他覺得沒多久後郊區會變成市中心，市中心會變郊區。我們在公民課上學過這些，但這門課實在太沒挑戰性，所以我沒多久就失去興趣了。

「我們要去哪裡？」潔西卡說。

「我們是誰？從哪裡來？」我說。

「什麼？」

「我們要去哪裡？我們是誰？從哪裡來？要去哪裡？」

「你在胡說八道什麼？你不加速的話，那傢伙就要撞到我們了。」

我沒有回答她。我也不知道自己為什麼說這些，大概是瘋了的關係。

「那妳媽媽呢？」

「我媽……你突然間冒出這句，到底在說什麼啊？」潔西卡開始有點焦躁。我繼續保持沉默，因此她將身體往我的方向挪近些，將手放到我的腿上，吸引我的注意。

「妳媽媽啊，潔西卡。她知道我們的事嗎？」

「喔。」

她將手拿開，望著前方的擋風玻璃。我瞥了她一眼，發現她正盯著遠方的街道，閉起一隻眼睛，頭上下擺動著。

「一粒灰塵對嗎？」我說。她看我。

「對……」

因為我知道，她正閉著一隻眼盯著擋風玻璃上的一粒灰塵看，讓它在飛馳而過的建築物或樹的頂端跳躍。這事我小時候常做，到現在也沒改掉，但我沒跟任何人說過。我知道她在幹嘛。

她又盯著我看，但我沒迎上她的目光。我們正開過一個彎道，從八哩路開進市中心，車流量突然增加了，車速也必須減緩下來。我感覺得到她的目光持續沒有移開，但考慮到安全因素，也因為害羞，我的視線一直沒離開過路面。她的眼神很銳利，不過我一直不懂，人是怎麼用表皮細胞來感受另一個人的目光的。這大概只能用超能力來解釋吧。

「她很怕我。」潔西卡終於開口。

「什麼？」

「我媽媽啊，她很怕我。她知道我不在乎她的意見，也不再依賴她。」

「我懂了，」我說著轉進綠野路。「北地園」在高速公路的另一邊，隱約可見。拿她媽媽來當話題，感覺很諷刺。「所有人都怕妳。」

「這沒什麼好自豪的。」她說。

「她有沒有告訴過妳，那次我到北地園……」我開口想說，但她並沒有專心在聽，反而興致勃勃地繼續玩起車窗灰塵的遊戲，所以我決定還是保持沉默。

我在心裡回想了一下那次的事件，然後就將它徹底趕出腦海。這是我很多年前在兒童託管中心學到的，人必須要控制自己的心智，否則會導致無盡的危險。這是魯狄亞教我的，當時我狀況越變越糟，因為我不斷想著潔西卡，努力想在心裡看到她的樣子，但就是做不到，所以只好打自己的頭。他告訴我，我的心智是屬於自己的，我可以讓它做任何我想要的事。但有時候我不知該怎麼做。

有時候我會想像自己的大腦是顆生雞蛋。它就位在我腦殼裡面，本來一切都安然無事，但有天它突然開始朝一邊滑，快滾出來了。我可以即時移動我的頭，讓它保持平衡，但沒多久後它又開始往另一邊滑。我必須隨時讓它維持在中間，不敢動也不敢眨眼地看著它，否則它就會滾出來。如果它滾出來，我就會瘋掉。只有在睡覺時我才安全，但一等到早上，情況就又開始重新上演。

「你看，」潔西卡說：「神。」

為了某些不可解的原因，「大男孩」速食店（The Big Boy）的大男孩人偶雕像對她來說，一直是某種類似於十字架的存在。我猜大概是因為，不管在哪裡看到他，他都以同樣的姿勢站在那裡，就像耶穌或自由女神像一樣。

「一樣的格子連身褲，一樣的漢堡，」潔西卡說：「一樣的塑膠頭髮，不管颳風、下雨或——」

「我以前從沒做過這種事。」我指的是開進車道，對著一個小盒子說話。我按了按鈕，但沒有反應。說實話，我覺得挺尷尬的，因為來這裡的全都是南菲爾德中學的學生，其中還有些人是我認識的，一起做過禮拜。我靠近話筒一點。「呼叫大男孩。」我說，感覺自己像個白癡一樣。

「小波……」

「是不是需要密碼什麼的？有沒有操作手冊？」

「我們進去吧。」

我完全沒想到要直接進去，因為到處有標誌寫著免下車服務，而且觸目所及都是汽車。我承認自己有時真的有點鈍，不過通常都是因為心裡在想別的事。我們走進餐廳裡。我們在一張還沒清理的桌前坐下，桌上到處都沾著番茄醬。我可算是番茄醬專家。亨氏（Heinz）番茄醬是最好的，不過它最普遍，有些人可能覺得最常見的牌子品質一定最差，但在我看來，這個道理不適用於番茄醬。最糟糕的是台爾蒙（Del Monte）番茄醬，因為它的味道像是真的番茄，雖然從某種角度來說理應如此才對，但我就是不喜歡，義大利麵醬也是同樣的道理。潔西卡動手把桌上的盤子疊在一起，一些亨氏番茄醬滴到了她的襯衫正中央。

「你打中我了。」她做出裝死的動作。我笑了，因為她好會演、好好笑，雖然小時候我看過她在集會時的演出，但我不知道她這麼會表演，好像女演員一樣。我一直笑，一直笑。她看著我笑，微微一笑說：「你應該常常笑才對。」我不喜歡這樣，感覺好像我媽。

她看我不笑了，拿刀子沾起番茄醬朝我身上甩，結果滴中我的襯衫。

「很幼稚耶。」我說。

「我故意的。」她回我。我們彼此對看，兩人心臟的位置都沾著番茄醬。「如果不是真的，就不一樣了，」她繼續說：「我一直是這麼想的。你不會因為假裝瘋子，就真的瘋了，對吧？那只是演戲。你假裝成幼稚的小孩時，如果不是真的幼稚，那你就不會覺得好玩了，就只是假裝而已。」

服務生過來，冷冷地瞪著我們，因為我們假裝幼稚，把桌上搞得一團亂，不過本來就很亂了。她收拾著盤子，我看見她的指甲也都是被啃過的。

「可以給我們菜單嗎？」潔西卡用女明星一樣的語氣說。

有兩個女孩坐進了我們隔壁的座位，和我們的座位中間只隔著一棵塑膠樹，所以如果想聽的話，她們說的每個字都能聽得清清楚楚。

「我還記得我的經驗。」金髮的那個女孩說。她的指甲塗成粉紅色，身材稍微有點壯。「沒騙妳，我嚇得快剉賽。但後來我媽跟我說這事很自然。」她用力地嚼著口香糖，隔著一段距離都能聽見嚼動的聲音。她和我媽一樣，會把口香糖嚼得答答作響。「我其實有心理準備，但還是嚇到了。來之前一年，我已經把東西都買好了，以防萬一嘛，我一直把那東西放在皮包裡。妳知道那看起來像是——」

「噁心死了。」另一個女孩說：「吃飯的時候不要講這個，好嗎？」

「給我一支菸。」

「我只有涼菸。」

「聊勝於無，給我吧。」

「妳會法式吸菸法嗎？」

「是我教妳的，笨蛋。」

「才怪。」

金髮女孩拿起菸，像男人一樣在手腕上敲了幾下。她的故作姿態是想吸引別人的目光——我就忍不住看了。

「天啊，是比爾。天啊，拜託別看，他和那個高個子一起來的。」

「喔，那個啊，他是個同性戀。那是什麼？」

「沒什麼。」

「是什麼啊？」

「妳別管。」

「那是……天啊，妳包包裡幹嘛帶個灌洗器啊？」

「妳很幼稚耶。」

她們點燃了香菸，先將煙從嘴巴吐出來，然後再從鼻子吸回去，這應該就是她們所謂的「法式吸菸法」吧。邦妮・古德也會這樣。那兩個女孩看起來很緊張的樣子。

「比爾在看。」

「最好是啦。」

「真的。他認識我，他和我打過招呼。」

「做夢啊。」

「他想約我出去。」

「見鬼啦，他才沒有。」

「真的，我拒絕了。溫蒂・史其納和他上過床，兩次。」

「她是垃圾。」

「她自以為受歡迎，其實並沒有。她以前是很受歡迎沒錯，但自從她和那些流氓混在一起，名聲就變差了。現在要挽回也來不及啦。」

「她現在很後悔。」

「但已經太晚了。」

潔西卡沒聽她們說話，她正專心看著菜單，不時把舌頭彈得答答響。我看看那兩個女孩，再看看潔西卡，兩邊的成熟度大概有十萬八千里。這時潔西卡突然哭了起來。

這讓我莫名地聯想到傑佛瑞，不過狀況當然完全不同。從某些角度來看，潔西卡的成熟度有點太超齡了。回想起來，這是她從小就有的特質，也是我一直很羨慕的。她和大部分的孩子不一樣，她總是很成熟，對事情有自己的主見，而且會捍衛到底，從不接受大人輕忽的說話態度。她到現在還是這樣，成熟得像是已經結婚的大人一樣，讓我覺得自己好無能。可是突然間，她又會像小孩一樣，因為一些莫名其妙的事情哭起來。不過我大概可以了解她，我也常常有那樣的感覺。她就像和我擁有同樣感覺的另一個自己。我們小孩時就是這樣，現在還是。我從沒遇過其他人像她一樣。

服務生送了一份漢堡餐到我們後面那桌。外面有人在按喇叭。整間餐廳裡都是青少年，我感覺不知自己身在何處。潔西卡用餐巾紙擦眼睛，餐巾紙上印著大男孩的肖像，等她擦完放下來時，發現大男孩的褲子濕了一塊。潔西卡大笑起來。我從沒看過有人情緒轉換可以像她這麼快的，這讓我不禁有點緊張，但我忍不住還是盯著她看。

「妳要點餐嗎？」我問。

「妳確定她是真的和他全做了，還是愛撫而已？」我們隔壁桌的另一個女孩說。

「我不太餓。」潔西卡說。

我將菜單闔起來看著她。她的眼睛看起來像是化過妝，但我知道沒有。淚水停在她的睫毛上，像鑽石一樣。她伸手過來摸我的頭髮。

「妳幹嘛？」我問她。

「在你的頭髮上弄一個小捲，像大男孩一樣。」她說：「你不想當大男孩嗎？」

「想，」我說：「我想當個大男孩。」

我們去看了《畢業生》。電影拍得很棒，演員也很棒，不過片子最後沒有解釋到底發生了什麼事，也沒說他是不是猶太人，不過他看起來應該是。

看完電影後，我們繼續開車閒晃，一路上聊著電影和有的沒的。突然間我發現油快見底了，於是我們決定把車停在路邊。我們停的地點很安靜，離潔西卡在南菲爾德市的家不遠，但這一帶的房子都正在興建中，所以還沒有居民。附近可以看見幾輛推土機，還有一輛蒸汽壓路機。蒸汽壓路機是我最喜歡的機器，因為我小時候在卡通裡看過，布魯托被壓路機壓過後，變成像紙一樣扁扁一片。

潔西卡坐得離我很近，幾乎要碰到了。我們聊著童年時認識的小孩，不過我對他們的近況了解不多，搬離那麼遠的潔西卡當然也不知道。我覺得特別的是，雖然我們上的是同一所小學，但很多潔西卡問到的小孩，我都不認識。過了一會後我才發現，雖然我們當時在一起，但認識的只有彼此而已。

我們安靜地坐在車裡，陷入沉思。偶爾我看看她，她看看我，但眼神不一定有交會。

我們話不多，但我很喜歡這樣，感覺就只是坐在車子裡沉思而已。

我以為自己睡著了，但是沒有，那感覺好像我不在自己的身體裡似的。瑜伽修行人打坐時就是這樣，披頭四應該也有這種經驗。尤其是喬治．哈里遜。

潔西卡的眼睛是閉著的，呼吸聲聽起來像是睡著的。正當我以為她睡了時，她突然說：「小波，帶我回家。」

我有點生氣，沒有說話，發動車子，左轉上了高速公路，朝南菲爾德市的方向前進。

「不對，小波，」她說：「我是說回家。」

馬爾洛街上的樹，剪影比天空還要黑。潔西卡說，她曾經以為沒有什麼比黑更黑，但直到她看過黑夜中的影子，才知道不是這樣。她說，她曾經守著看到雲變得比天空亮，然後她知道了，黑是沒有極限的。她關心的不是黑本身，而是變黑的過程。

「我爸告訴過我，沒有東西是真正黑色的。他說只有盲人看得見真正的黑。

「以前每到秋天，我們會在這裡生營火。我本來以為葉子的顏色是漏光的，因為營火會結束後，葉子都變黑了。我爸爸解釋給我聽，他說是色素的關係。色素就是陽光光譜反射出來的光線。瑪莉蓮．肯恩曾經跟我說，黑人是燒焦的白人，但我知道不是那樣，我覺得他們一定是巧克力做的。用巧克力造人，是上帝所做過最酷的一件事了。」她看著我說：「是不是？」

「對，」我說：「沒錯。」

我們的車子所停靠的街上，路燈的光線被沿路的樹切成一段一段的。在車裡，潔西卡往我更靠近了一些。我們肩並肩坐著，然後她靠在我身上。

「我沒有搽香水。」她說。

「喔。」

「你注意到了嗎？」

「我以為妳有搽。」

「一定是昨天留下來的味道。昨天晚上。」

「昨天晚上？」

她停了一下才說：「有時候我會在睡前搽一點香水，我自己也不知道為什麼。」

「我喜歡香水。」我說：「我知道不應該，但是我喜歡。」

「不應該？」

「太膚淺了。」

「喔。」

我們繼續坐著。潔西卡把食指放到我鼻子上，沿著鼻子往下到嘴唇，然後在嘴唇邊繞一圈。她的手指好柔軟。然後那指頭又繼續往下，滑到我的襯衫，停在番茄醬汙漬的地方。

「打中你了。」她說。

我感覺自己好像只是低頭想看她，而她的嘴唇就在我面前，但也或許，事實情況並不是如此。她的嘴唇感覺好像枕頭一樣，可以讓你的頭浮在上面，絕不會碰到床墊的那種枕頭。我睜著眼睛，但她的眼睛是閉上的，後來她張開了一下，我們對望了一會，然後兩個人都閉上了眼睛。一時間，我以為車窗被風吹開了，但我抬頭看，發現是關著的。

潔西卡將我的下巴拉回面前。

「你在看什麼？」

「沒有。」

她又吻了我，然後停下來注視著我的臉。我回吻她。有時候我會想像自己置身在電影裡，看著自己在裡面走，但我只要一動，就忘記要看了。車子裡很溫暖，外面很冷，溫差使得車窗蒙上了水氣。

「不知道現在住在裡面的是誰，」她說：「我是說，我的房間。」

「那已經不是妳的房間了。」

「沒錯。」

「不過，說真的，那裡曾經是我們的房間。」

「對。」

「我們現在沒有房間了。」

「這輛車就是我們的房間。你眼睛為什麼要張開？」

「我要確定妳是真的在這裡。」我說。

她又碰了碰我的嘴唇，她的手指聞起來有柳橙的味道。「我真的在。」

我沒有說任何話回應她，只是從前擋風玻璃往外看。街上有個人鑽進車裡，車開走後排出的廢氣，在街上形成了一朵小小的雲，我的目光追隨著它，直到它在樹叢間消散蒸發，不過因為車窗上水珠的關係，那雲看起來像是一片稜鏡。一輛車子朝我們駛來，星星般的車燈隨著車子駛近而越變越大，像是兩個直朝我們而來的無聲爆裂物。潔西卡將我的臉捧在手裡，吻了我的眼睛。我知道她是想讓它們閉起來，好讓我別再看。我試著閉上眼。但我腦袋裡轉的念頭是，等我張開時，她就不在這裡了。她用嘴唇吻過我臉上的每一吋，精確來說不算是吻，她只是將嘴唇輕輕貼上來而已。她解開我的襯衫鈕釦。

我以為自己看見街上出現了一輛蒸汽壓路機，但那不過是一道影子而已，可是等我再次閉上眼睛的時候，我又看見了它。它很軟，軟得像一道影子，可是它是一輛壓路機，也很像龍捲風，但它是一輛壓路機。有人在駕駛，但我看不見是誰。潔西卡用手撫過我的胸口。以這個年齡來說我的胸口算是毛髮發達的，和爸爸一樣，但我一個星期只修剪一次。她吻了我的胸口。我嘴裡喃喃說著話，但聲音輕到她聽不見。我說，拜託不要再離開我，因為妳不在的時候，我就像缺了一塊，我沒有地方可去，不知道到哪裡我才能不再破碎。我緊緊抱住她，向我不相信的上帝祈禱，祈禱讓她再也不要離開，祈禱此時此刻能發生一些什麼，讓我們永遠停留在這一刻。

我以為自己聽到了收音機的聲音，但不是，音樂是從車外不知哪裡傳來的。我閉上眼睛，那壓路機又來了，不過這次它邊緣的形狀有了些微的改變，彷彿裡面有人想出來，從裡面不斷往外推。

我聽到潔西卡的呼吸聲靠近我的耳朵。我流汗了，但她沒有。她的香水味變得越來越強，一點一點鑽進我的鼻孔。我曾經看過一個故事，有個小男孩坐在路邊玩耍，一隻螞蟻爬進他的鼻子裡，一年後小男孩死掉了，因為他的大腦被吃光了。潔西卡的香味往上竄進我的腦袋裡。她吻我的肚子，她的手指慢慢地、一圈圈地在我身上打轉。我握住她的頭髮，感覺她的髮絲間像是有雲一樣，滑過我的指間像雨一樣落在我的大腿上。我聽見她發出低低的哼聲。

那輛壓路機隱隱約約地從馬爾洛街朝著我越靠越近。說來矛盾，它的形狀雖然已經改變，但仍是原來的壓路機。音樂聲也越來越響，沒多久後我就聽出來那是什麼音樂了，這首由小喇叭、伸縮喇叭和單簧管吹奏出來的音樂，是庫里高中的校歌。我好像聽到低音管的聲音，但一下子後就消失，換成鼓聲上場。

我想像自己是由許多道路組成的，像底特律市一樣，而潔西卡由俄亥俄州開車馳騁我身上回家。她操控著舌頭，沿著我的胸口往下開，低低的哼聲像是引擎一樣。每隔一陣子，她會停下來看看我，但現在我的眼睛是閉上的。她將嘴唇貼在我的身體，我的嘴唇，和其他地方。圍繞著壓路機的雲霧，像煙塵一樣蒸發在風中，化作黑暗中的黑雲，我知道，那鼓聲就要來了。

她拉住我的手，讓我在她身體裡做那件事，但做那件事的是閉著眼睛的我。我幾乎快分不清楚，做的人到底是我還是她，接下來，我就真的完全分不清了。

壓路機裡的鼓聲變得越來越近。那壓路機裡的軍樂隊，好像在我身體裡，又好像不是。潔西卡在我的身體裡，同時又包覆住我。那音樂在我耳朵裡響，鼓聲隆隆。壓路機逼近了，朝我身上直直過來，這時我發現，它就是潔西卡。我試著想從它面前逃開，但是沒辦法，它像是無聲的龍捲風一樣追著我，只要我一動，它便扭動著改變方向。潔西卡解開我的鈕釦，將我拉到她身上，我努力想張開眼睛，但它們不肯張開，我想移開，但是沒辦法移動。然後我不想移開了，我停留在那裡，並且往更深處前進。她的嘴吞沒了我的嘴，她身體的其他地方也是如此。接下來我就不在了，壓路機經過的地方，只剩一片空蕪。

結束之後，我們抱在一起睡著了。附近有車經過，但沒有太多噪音。她的呼吸掠過我胸口，好像我是一座沙丘還是什麼的，我醒來一分鐘後，發現我們兩個人呼吸的頻率完全一樣。我看著她，直到她也醒來，然後兩個人又一起睡著。

同一天晚上，我的老哥傑佛瑞坐在那輛哈雷的後座，一路往北密西根騎，但不知為什麼，在離家一百零七哩的地方，他改變心意下了車，搭上巴士回家睡覺。我送潔西卡回到家時已經是黎明，我吻她，她哭了起來，但又不肯說為什麼。時間是在星期天早晨五點。我回家又睡了一會，第一次發現那盞牛仔燈還一直掛在天花板上，和我小時候一樣。

就在那天下午，潔西卡嫁給了那個律師。

第三部

他們全在吞棉花。誇大不實的漩渦，將我們捲進了這場大災難裡，徹底斯文掃地。我們只能沉思、自省：為什麼？上帝真的存在嗎？面對這瘋狂的地獄，天堂本身大概也只能昏厥過去。他們一定是被推翻了，只剩下沒穿衣服的國王。一開始是長著一張獵犬臉的德州佬，現在又來一個厚臉皮的加州騙子，就連菲爾．奧克斯㉙也要高聲吟誦：「要抗議，必須抗議，這是我們珍貴無比的責任。在這醜陋的時代裡，真實的抗議呼聲顯得如此美麗。」

1

學生民主社會聯盟（SDS）的工作小組針對徵召入伍體檢所做的研究，發現棉花球在X光片底下看起來很像潰瘍，從此這裡所有人去體檢之前都會吞棉花。雖然樂透就快開獎，大家都很怕，但機會人人均等。小樹被退學後，變成一個貨真價實的偏執狂，根本還沒輪到他去體檢，他竟然就開始吞棉花做實驗。結果他整天都噁心想吐，因而打斷了我的冥想。幸運的是，我也因此靈感迸發，寫出前面那一篇給《人民自由報》（*The People Free Press*）的短文。

§

「你聽說了波力・巴隆霍茲的事嗎？」

「誰？」

「就是比夫拉灣座談會上坐在我們旁邊，可以不看歌詞唱出《火警劇院》（The Firesign Theatre）整張專輯的那傢伙啊。他去年住在馬克里宿舍，就住在馬提・波拉斯基對面。」

「喔，他啊。我聽說波拉斯基宣誓加入『菲德塔』[30]兄弟會。讓人太意外了！我以為他只對吸毒有興趣，沒想到竟然加入兄弟會。我甚至不知道菲德塔兄弟會還在運作咧。」

「還在啊。南苑宿舍那些運動選手，正在策劃一次回歸活動。算是懷舊風吧，就像《天才小麻煩》（Leave it to Beaver）那部影集一樣。他們本來在圖書館前面設了一個攤位，但有些『氣象人』[31]一直製造混亂把他們逼走。快把我嚇死了。」

「那是有必要的，老兄。有時候不用暴力無法造成改變。出生也是一種暴力的行動，對吧。」

「絕對的。」

---

[29] Phil Ochs，美國一九六〇年代著名民謠歌手。

[30] Phi Delt，創建於一八四八年，美國一個古老傳統的兄弟會組織。

[31] Weathermen，美國一九六〇年代學生民主運動中一個較激進的派別。

「歷史源自於衝突。」

「有道理，那怎麼從沒看過你為此崇高壯志出去衝撞一下啊？」

「沒興趣。你剛說波力・巴隆霍茲怎麼了？」

「他拿一把來福槍轟掉了自己的腳，現在還在醫院裡。」

「什麼？」

「他收到體檢通知就抓狂了。這傢伙可是什麼藥都沒嗑，或許有吃一點梅斯卡林32，但也不多。他本來只想打掉一兩根腳趾，就像我們在『激進影展』那部片裡看到的。但他計算錯誤，結果整隻腳都毀了。不過他還是達到目的啦，成功拿到不適合服役證明。幹！」

小樹對這些事情的反應真的很激烈，但我覺得這是因為他沒有安全感，起因是他與自己的空間失去了聯繫。這也就是為什麼，我會參加那個非口語溝通訓練小組。非口語溝通，可以避免傳統交流方式——譬如說，談話——的限制。

我加入那個小組，是佛教課鄰座的女孩介紹的。一開始是她先問我，我的軍裝外套是在哪裡買的，我回答她說，這種小事不重要（事實上，是我爸媽來看橄欖球大賽時，我媽買給我的。我和爸去看球時，她就留在我的公寓裡打掃）。這女孩是學生民主社會聯盟的成員，但她不屬於「氣象人」，因為她是和平主義者，而他們相信爆炸的力量。

我則相信靈魂輪迴。其實，我無法想像時間，也無法想像邪惡。此外，我痛恨數學。

§

去年，小樹和我一起住進西苑宿舍，那裡是密西根大學最古老的宿舍樓，爛得要命。

「你在這裡幹嘛？」小樹說：「其他人全住到馬克里宿舍去了。馬克里宿舍是男女混住，你可以在咖啡廳認識女孩子。馬提．波拉斯基就是在郵箱旁邊認識了一個女孩。」

「什麼？」

「他問那女孩還想看誰的信，他說自己是鎖匠，她想開哪一個信箱都可以，因此她指著一個信箱說：『開這個。』他開始用迴紋針弄，四十分鐘後那女生離開了。結果那是她自己的信箱，她搞丟了鑰匙，原本得付罰金。同時有人看到他在弄信箱，所以報了警。我想他現在應該在牢裡吧。」

「笨成這樣，進監牢是應該的。只有笨蛋才會被關進牢裡。」

小樹打開一張巴布．狄倫的海報。「你要去今晚的派對嗎？」

「你呢？」

「我先問的。」

我從床鋪移到椅子上，又從椅子坐回床上，無聊地癱坐著。我捲起袖子。

㉜ mescaline，一種迷幻藥。

「我不知道，你要去嗎？」

「我說過，是我先問的。你什麼時候才要買件別的襯衫？」

「我有別的襯衫啊。這種的我有五件。」

「我是說不同款式的襯衫。如果你想用穿工人襯衫來證明自己簡樸自然，那至少應該把同一件穿得又髒又臭，那樣才能證明你很純樸吧。」

「工人襯衫穿起來很舒服。」

「床也很舒服啊，怎麼不穿在身上？你穿這些襯衫，是因為大家都穿，誰不想穿得和大家一樣。」他把吉米．罕醉克斯的海報也打開。

「就只是襯衫而已。」我說：「你的手腕不要刮到海報。」

「好吧，今天晚上不管你去或不去，我都會去參加派對。最好你別去，因為我要去釣一個性感尤物，帶她回來這裡，奪走她愛的保險箱，我不想有你在旁邊阻礙。」

「你是說愛的寶藏吧。」

「不管，你給我閉嘴。我已經受夠了孤獨的牢籠，我要去派對，我要去釣馬子。」他坐到我床上。「除非你也去，否則我不會去。好，那你說，我會去參加派對嗎？」

「不會。」

「幹。」他躺到我的床上。「我受不了了，我快瘋了，我搞不懂你。我們要到死都是處男嗎？喔，對不起，我忘了你不是。可是我咧？對，我最好抱著書本用功去，我能考那麼高分真是好狗運，感謝SAT㉝！」

小樹的SAT分數高得驚人，所以當初才能成功申請到密西根大學。

「要是我有車就好了，有車沒煩惱。」

「車子不會改善你的愛情生活。」我說：「高中時就已經證實了。」

「會。只要開車去撞橋墩，砰！就沒有愛情生活需要改善了。自殺是最好的方法。」

2

今年我們搬進了一間公寓。幾星期前，小樹被一所機械工程學院退學。現在的他整天坐在廚房裡，在披頭四的《白色專輯》（The White Album）上捲菸。他現在菸是一根接一根的抽，他說這樣可以幫助他放鬆，讓他想清楚怎麼應付徵兵的問題。

「要是我抽到壞籤怎麼辦？我要怎麼做？現在我連奧克蘭社區大學會不會收我都不知

㉝學術評估測試，是美國大學委員會定期舉辦的測驗，成績是美國各大學申請入學的重要參考條件。

道。」他說：「我分數低到連一所社區大學都可能拒絕我了。當初我幹嘛去蘇利文學院搞什麼三角學啊？」

「機械工程爛透了。」我說：「都是些發戰爭財的技術專家，開除你的就是這些人。」

「是啦，但至少很實用，畢業以後可以找到工作。比你學的那些什麼印度教的垃圾實用多了，你爸說得沒錯。」

「我爸從沒對過。」

「這倒也是啦，才會生了你這麼一個兒子。」

「知道嗎，你累積了太多怒氣，你今晚何不留下來參加我們的小組，就在這裡，可以幫助你聯繫上你的──」

「去你的！我要去布林比漢堡大吃一頓。吃吃喝喝解煩憂。要是我半夜還沒回來，記得叫警察，可能要緊急洗胃。喔，我忘了你不相信警察，那就叫一些嬉皮來好了，也別洗胃了，我自己會吐。」

只要站在我們公寓門口往外看，就可以看到狂人吉米的布林比漢堡店紅黑條紋的遮雨棚，那是整個校園最顯眼的豬食寶殿，專門提供油膩的垃圾食物，非常符合他們招牌底下的那行字：「比食物還便宜。」走進店裡，櫃檯後面站的是人稱「紅頭」的一個前運動選手，他用凌厲的眼神一個個審視乖乖排隊的學生，然後大聲吼出他們點的餐。接著紅頭會拿出來源可疑的冷凍肉丸，像是有強迫症一樣依序排列在烤爐上，再用一支巨大的木匙把肉拍打得薄到幾近透明。聽說狂人吉米曾經因為販賣馬肉被逮捕過。那種東西會吃死人的。小樹一天到晚都吃他家的東西，簡直是在自殺。

非口語溝通訓練小組的人到了。組裡的兄弟姊妹們互相擁抱，然後全部的人都將鞋子脫掉。我感覺和他們是一體的。我們圍成「信任圓圈」坐下，然後開始一些鳴唱練習。兩個小時後，小樹回來了，在門外像個粗人一樣猛打嗝。他開門進來時，我們正在進行「足部溝通」。

「啊，對不起，」他說：「我不知道你們還在——」

「沒關係。」我說著站起來，想給他一個溫柔的招呼，我張開雙臂，意思是想與他分享我的空間。「你要加入我們嗎？」

「抱歉，」他說：「但我不可以離開這個星球。」

稍晚，我又責備他還不去諮詢徵兵顧問。他說他會去，但一直沒有動作。這是一種惰性。自從被退學後，他就陷入經常性的沮喪，他整晚呆坐在電視機前，看重播的《星艦奇航記》，嚼洋芋片。白天就都在睡覺。

「顧問能告訴我什麼新鮮事嗎？努力進一所隨便什麼大學，拿到緩徵資格嗎？還是我可以一輩子待在加拿大？還是我應該加入特種部隊，直接送死？」他打開一瓶啤酒。「這些我全知道。我還知道去體檢前可以先吞六片迷幻藥，不過聽說沒效，他們會從你的尿液裡看出來，然後你就得重新再來一次。」

「還有律師啊，他們可以幫忙你甩掉這個麻煩。」

「是啊，然後要價一千塊。我要從哪裡生一千塊？向我媽伸手嗎？她恨不得花一千塊把我送進部隊吧。」

有時候我會責怪自己不該干涉他太多。既然我們已經脫離家的保護，進入大學的殘酷世界，每個人就必須管好自己的事。

「我們叫披薩吧，」小樹說：「我餓扁了。」

「你才剛吃過。」

「我們再吃一頓吧，就像去年夏天那樣。」

「你明天會去福利金媽媽㉞的遊行靜坐嗎？」

「喂，那個大胸部紅髮女孩是誰啊？就是剛剛啃你的腳的那個？」

「沒有人在啃我的腳，」我說：「那是一種練習。打破藩籬。」

「對啦對啦，那她是誰嘛？」

「你到底要不要去抗議？我得備好計畫方案。」

「幹嘛？」

「像是，碰到麻煩該怎麼辦啊？」

「你們唯一的麻煩就是抗議成功，那你們就沒有東西好抗議了。」

「我要是被逮捕怎麼辦？」

「他們不能逮捕你，你長得太猶太人了。他們不會逮捕像你這種——」

「你嗨過頭了。」

我走進廚房，打開冰箱，裡面有兩瓶啤酒、一盒奶油焦糖爆米花，和一本羅伯・佛洛斯特的詩集。

3

市議會大樓雖然屬於這個城市，卻建築在公共的土地上，因此也屬於所有人民。制定法律來妨礙人民行使自己的基本權利，如集會的權利，其心態與簽訂欺騙房客的契約如出一轍。這種

---

❸❹ Welfare Mothers，指接受社會福利救濟的母親。

權利，顯然超過安娜堡的反猶太法西斯分子的想像，這些大肥貓只顧著往口袋裡塞滿中產階級的錢，還不忘羞辱那些靠著微薄的補助金仍活不下去的福利金媽媽。

保釋金只要二十五美元。媽媽付過錢後，不發一語。

「帶我回家就是了。」我說。

「別擔心，就是要帶你回家。」爸爸說著，將我們的別克倒出停車場。

「這邊應該左轉。」我說。

「抱歉小鬼，」他說：「我說回家，意思是我們的家，不是你住的那個破爛鴉片寮。那滿屋子紫色燈泡竟然沒害你瞎掉，還真是奇了。這個週末算你走運，你可以放你那些共產黨朋友兩天假，回到文明世界好好洗個澡。還是你怕自己一碰水會化掉？」

「我每天洗澡，老兄。」

「別叫我老兄。你可以叫你那些朋友老兄，因為他們全是些小鬼，但你不可以這樣叫我。看看你的頭髮，」他叨叨絮絮個沒完。「你忙著每天洗澡，沒時間剪頭髮了嗎？連鬍子也沒時間刮？」

媽媽伸手摸摸我的臉。「這麼漂亮的一張畫，」她說著碰了一下我的鬍子。「配了這麼醜的畫框。」

「摩西也留鬍子啊，媽。」

「摩西在沙漠裡迷了四十年的路。」爸爸說：「要我停車讓你用走的嗎？那樣你會比較開心嗎，天才先生？」

「肯尼在哪裡？」媽媽說著，拿出一根指甲銼刀。「他也被逮捕了嗎？天啊，佛蘿倫斯會氣死。」

「他根本沒去，」我說：「他躲在家裡。只會躲避的傢伙。」

媽媽修著指甲。爸爸將收音機轉到新聞頻道。車子開過後備軍官訓練隊。

「下一個就輪到他們。」我嘟囔著。

「什麼？誰是下一個？」

「那些法西斯獨裁……」

車子嘎地一聲急停在路邊，差點撞上一旁的橋墩。真嚇人！駕駛座上的老爸轉過身來。

「聽著，自以為了不起先生，我不知道這些示威抗議到底是什麼玩意，說實話，我也他媽的不在乎，抱歉我用了粗話，但讓我幫你打開眼睛好好看清楚，小子。有我花大錢供你上大學、付你的帳單，你抱怨起來當然輕鬆簡單，但我告訴你，混帳東西，你根本不懂什麼叫做不公不義。你在抗議什麼？你連飢餓是什麼滋味都不曉得。你很愛講壓迫是吧，你根本不懂什麼叫壓迫，因為你活的歲數還不夠長。你還真有臉四處指點別人什麼是對，什麼是錯，你什麼時候變成專家了？你在哪裡看過你說的什麼法西斯獨裁啦？你最近領過救濟金嗎？你繳過半毛錢的稅，知道繳稅是怎麼回事嗎？上帝保佑，這其中有些事你永遠不會體驗到，但重點是，你什麼都不懂。我大半夜開五十哩的路來這裡，把你從牢裡弄出來，只因為你做了你自己都不懂的事，你覺得我心情會愉快嗎？你哥哥最近怎麼樣？」

「我不知道，我從沒和他碰過面。」

「是啊，他住的地方只和你隔三條街，見個面實在太費力了。」

「你就不能撥個電話嗎？」媽媽說。

「他也有電話。」我說。

「你打電話來要我們保你出來，倒是不嫌麻煩啊，小鬼。」

「你們不是非來不可。」

「沒錯，波登，」爸爸說：「我不是非來不可。」他從後視鏡牢牢地盯著我看，我感覺我們遲早要出車禍。「我不是非來不可，但我還是來了。有什麼事是你不一定得做，但你無論如何還是會做的？」

我們回到家，已經是凌晨兩點鐘。爸媽直接回他們的房間，我也回自己的房間。我的臥室感覺還是那麼小，像是孩童的房間。當年我和哥哥去阿提那卡夏令營回來，感覺上好像離開了好幾年；而當我被送去接受治療一年回來時，感覺像是過了十年。

我脫下我的和平標誌項鍊，掛在鏡子上。約翰・葛林㉟的照片還是貼在原處。不知為什麼，我就是沒辦法動手撕掉這張照片。友誼七號太空船發射那年我十三歲，我訂購了一張由葛林和控制中心的對話製成的唱片。我到地下室，用收在那裡的唱機播放，然後坐在一張靠著牆邊的摺疊桌上，腿上放著一個瓦楞紙箱，是我用蠟筆畫的控制台。我頭上還戴著一頂橄欖球頭盔，那氣味我到現在都記得。有一天，我跑去剪了一個約翰・葛林的髮型，結果被爸媽嫌剪得太短。

我躺到床上，盯著天花板上的燈，牛仔還在上面。

我聽到媽媽的聲音透過牆壁傳過來。

「他去抗議什麼，戴夫？」

「別去管他，他會沒事的。」

「這是過渡時期吧，戴夫？你覺得是不是只是過渡時期？」

「親愛的，我看起來像史波克醫生㊱嗎？他是個好孩子，讓他自己處理吧。我的襪子在哪？」

㉟ John Gleen，美國太空人。

㊱ Dr. Spock，美國著名兒科醫生，提倡愛的教育，其著作為美國最暢銷的育兒寶典。

我十一歲時，很想要一輛英國競速腳踏車。我存了一年半的零用錢，每天在《底特律自由報》的小廣告欄找有沒有人用我買得起的價格讓售，甚至連壞掉的我都能接受，但我從來沒有找到過。爸爸覺得我應該學習自立自強，所以始終沒有幫忙。我生日時，他給了我十五塊當作贊助，不過還是不夠。我覺得他根本不在乎這件事。然後有一天我放學回家，發現報紙上所有競速腳踏車的廣告都被圈起來了。那是爸爸的筆。他每天都會將廣告圈出來，但隻字未提。接下來的三個月裡，我打了三十三通聯絡電話，但所有腳踏車的售價都超過我的預算。最後有一天，我聯絡上一位女士，她開出的價錢恰好是我有的金額。我請爸爸立刻載我過去，但他有工作上的會要開。他說，明天再去也來得及，不要每次想要什麼就要立刻到手。第二天放學後，他載我過去，腳踏車已經被賣掉了。那是我第一次看見爸爸掉眼淚，他找了個藉口向人家借了洗手間。隔天，他帶了一輛全新的雪文牌（Schwinn）英國競速腳踏車回家。我騎了兩星期後，決定想要一輛摩托車。

「這個多的枕頭給你。」媽媽走進我的房間，我一把拉起被子。她將一疊襪子放進抽屜裡。「我只問一個問題，就不煩你，讓你去寫那些病態詩。我猜你應該還在寫吧。」

「沒有，詩不會對人說話。」

「這樣啊，那或許你應該替電視寫寫東西，看電視的人很多。」

「妳要問什麼，媽？」

「你穿內衣的樣子我早就看過，看到不想看了，」她說：「波登，你不必穿著鞋子躲在被子裡。」

「媽，妳要問什麼？」

她拉開另一個抽屜，拿出一件毛衣。

「我都忘了你還有這件。你把這件帶去穿吧，很好看。」

「媽。」

「我很好奇，但這些事我實在不想提，因為我知道你有多敏感。」她的目光越過我望向窗外，看著潔西卡家的方向。「肯尼的媽媽說，她好像看到藍頓家那個女孩子了。好像是一篇有關國會議員的報導，在華盛頓還是哪裡，我不記得了，報紙上有張照片，因為是在背景的人群裡，所以佛蘿倫斯不是很確定。我只是好奇，不知你看到那張照片了沒有？就這樣而已。我知道你很大了，還可以讓媽媽親一下道晚安嗎？」

她離開房間，把燈留著沒關。我起床，脫掉鞋子。

我十二歲的時候，希望擁有一雙和貓王一樣的尖頭鞋。十歲的時候，我把紅襪子拉得高高的，像超人一樣。

我以前晚上關燈前，會站在開關前面，用手指著床，以免自己在黑暗中找不到方向。

如今，我關上房間的燈，朝床的方向走，結果直接撞上櫥櫃的邊角，擦破了手臂內側，劃出一道長長的傷口。我在黑暗中伸手摸了一下，沒有流血。

我躺到床上，想像一張有顆粒感的照片，想像在模糊背景中，潔西卡的頭髮。她現在的髮型是什麼樣子。在十六歲見到她之前，我想像的是她八歲時的樣子。現在我想像中的她，是十六歲時的樣子。

我將那個備用枕頭放到我的肚子上。手臂上的擦傷隱隱作痛。我用口水沾濕兩根手指頭，壓在傷口上下兩端，閉起眼睛，想像是兩片嘴唇在吻我的傷口。窗外的風吹在遮雨棚上，彈奏著音符，像是披頭四在〈挪威森林〉裡的哼鳴聲。我緩緩地沉入睡夢中，夢見潔西卡在我的胸前哼唱著〈挪威森林〉。

在我睡著的同時，小樹在密西根州的安娜堡割腕了。

4

「醫院的罩袍挺適合你的。」我裝作若無其事的樣子，只能擠出這句話。

「酷吧？」他舉起纏著繃帶的手臂打招呼。「聽不懂我的笑話喔？我的幽默感對你來說還是太過頭了。」

我沒說話。他隨手撥弄著兩根埋進繃帶底下的平行點滴管。

「好吧，」他說：「你家人如何？老婆和孩子都好吧？」

我坐到一張塑膠椅子上。

「好了啦……」

「發生了什麼事？」

「沒有。」

他茫然地望向床旁邊的窗戶，試著伸手想撥開窗簾，但礙於點滴管的限制無法辦到。我身後的布簾後面的床位，傳來呻吟聲，那是一個瀕死的靈魂在死前的哀鳴。四處瀰漫的尿騷味並不讓人意外。

「所以，」小樹說：「是怎麼回事？」他像個尷尬的小孩一樣點著頭。不過我們都不是小孩了。

「沒事。」我說。

他按下床邊的一個按鈕，讓病床升起變成坐起的角度。為了不想表露出真實的情緒，他心不在焉地玩著遙控器，把床又降為躺平的角度。然後他想用沒受傷的那隻手倒一杯水，但不知為什麼沒端好，把水全灑了出來，他氣呼呼地把水罐放下，又繼續看著窗外。

「那，」他稍微轉過身，假裝不經意地問：「有什麼新鮮事嗎，老兄？」

我可以從空氣的震動感覺到他的緊張。基於過往的訓練，我對這種事情特別敏感。一如以往，他的嘴唇出賣了他（這屬於非語言的溝通方式），當他在自己的空間內感到不自在或害怕時，他每說一句話嘴唇便會往旁邊拉平一下。我們還在讀小學時，有一次他又被叫起來責罵和羞辱，像蓋世太保一樣沉醉在權力之中的公民老師（初級教育體系中的洗腦機器），將他鞋帶總是沒綁好的罪行挑出來示眾，並指稱他是「個人衛生不佳」（我看她才是「政治衛生不佳」吧），而小樹由於缺乏語言溝通技巧，所以沒有回嘴，只是漲紅了臉站在全班面前接受羞辱。他死盯著地板，因為個人空間遭受侵犯而流下了眼淚，那是我第一次注意到他的嘴唇會往兩邊拉平。我對老師大吼叫她閉嘴，「妳沒有權力讓小孩子難堪！」我站在全班中間這樣大喊。結果我被退學了。不過政治體系的腐化墮落救了我一命，因為媽媽烤的蛋糕在家長與教師協會發揮了功效。

「沒有。」我說。

他環顧病房四周，努力想找話講。

「這裡的食物還不錯。」他說。

「是嗎？」

「不過，沒布林比漢堡好吃。」

「當然。」

他用沒受傷的手壓扁櫃子上的一個紙杯，然後拿到嘴邊，把它又吹回原狀。

「所以……」他說：「最近有泡上哪個妞嗎？」

「沒有。」

「嗯嗯。那有和其他人見面嗎？像是馬提？」

「沒有。」

他盯著牆壁，又看看天花板。「對了，我聽說你終於被逮捕了。」

「是啊，是被逮了。」

「酷喔。」

「對啊。」

他閃避我的目光。我們兩個之間一直有條高速公路，心意隨時都能相通。我在兒童託管中心的時候，他在我家廚房窗戶旁等了整整一年，安安靜靜地，每天都來等，就怕錯過我回家，就只是怕萬一我回家他會錯過。

而現在：兩條點滴管。

「那有什麼好玩的事嗎？」他說。

「沒有。」

布簾後面的病患又發出一聲呻吟，我有點想笑，但又很厭惡這樣的反應。身為一個大二的學生，我比較懂事了。

「我買了一張新專輯。」最後，我終於找到可以聊的話題。

「哪一張？」

「吉米．罕醉克斯的新專輯。」

我是騙他的，想藉此提振一下他的精神，因為他的經歷和吉米．罕醉克斯很類似，但似乎沒效，他只是點點頭。我個人十分無法諒解吉米．罕醉克斯。他整個人就是吸毒文化的縮影，我覺得很反建設性。他用牙齒彈吉他，讓我覺得神經緊張，感覺他好像哪天會電死自己似的，不過毫無疑問他比他表現出來的要懂得自我保護得多。也許過幾年後，他會創作出一些很棒的作品，客觀來說，還滿值得期待的。

「這週末要和莉迪亞見面嗎？」小樹問。我做個鬼臉，搖搖頭。「所以你和她是真的結束囉？」

我聳聳肩。「也許算是結束了吧。」

「太可惜了，本來快破你自己的紀錄了，不是嗎？連續四個月沒打過架耶。這是你和同一個女生最長的紀錄了，對吧？身為你的計分員，這些事我必須知道。」他想逗我笑，但我沒那個心情。「當然還有邦妮．古德，但正式來說她不能算，因為她抽菸，資格不符。」

我不置可否地點點頭，不知道該如何接他的話。邦妮．古德最近打過電話給我，就在我們上學期搬離宿舍之前。她剛好和她母親一起來大學參觀，想順便過來看看我。她母親似乎試圖想製造機會讓我們上床，至少我的感覺是這樣。我告訴她，我很失望邦妮的初階學歷測驗（PSAT）的分數這麼低。我們聊了一陣迷幻藥的話題，然後她們便離開了。

小樹讓他健康的那隻手臂砰地一聲落下垂到床邊。「還有沒有什麼新聞啊？」他說。

「小樹，」我終於忍不住了。「你難道不記得，我們昨天才見過面的？」

他迷惘地盯著我看了一會，然後皺著眉點了點頭。「幹……」他嘟囔說：「美好的時光總是過得特別快。」布簾後的病人又呻吟了一聲，小樹不安地再次轉頭望向窗外。「你還繼續在寫日記嗎？」他突然開口問道，但沒有轉頭看我。

「偶爾。」

他點頭。「我這件事你會寫進去嗎？」

尿騷味和酒精味滲進我的鼻孔，開始往大腦深處鑽。我兩手壓在太陽穴上用力擠，希望或許能將這氣味、這毒煙、這以瀰漫的形式來消毒的細胞，逐出我的腦袋。我的心思已經不知神遊到何處了。等我回過神時，突然有點罪惡感，我坐在自己最好朋友的病床邊，心裡竟然不停想到其他人。但事實如此，也沒有辦法。

一名護士從容不迫地走進病房，檢查了小樹床邊各種複雜的科技器材。她機械化地對我笑了笑，我立刻對她產生一股同情。不知為什麼，白色長筒襪讓我感覺格外傷感。

「那你要和別人約會嗎？」護士走後，小樹問。

「什麼？」

「我說，你要和別人——哎，算了，我忘記你不相信約會這檔事，那會限制你的個人空間。」

「你幹嘛對我生氣？」我說。

「拜託，」他酸溜溜地說：「和你談話還真讓人沮喪，一點意義都沒有。」他又用右手重重捶了一下床。「我是說……幹！我不知道我想說什麼。」

「聽我說——」

「我的意思是，我們昨天還在一起，老兄，但現在你看看，你看我們在哪裡。」他怒氣沖沖的。「喔，我忘了，『時間』這檔事你也是不相信的。」他在床上不安地動來動去，發脾氣似地轉換身體的重心，像個受挫的小孩，有一瞬間我還以為他要扯掉點滴管站起來。「天啊，小波，」最後他說：「難道沒有任何人想問我發生了什麼事嗎？」

我完全呆住了。他閉上眼睛，嘴巴微微張開，突然間我感覺像是在看掛在他家房間裡的那張照片。那張照片一直掛在他的床頭。我還記得他媽媽原先買的是一張上下鋪的床，但兩天後上層就被我們兩個一起跳壞了，後來他媽媽又幫他買了可以拉出收闔的子母床。我們總是一起跳，尤其喜歡在高的地方跳。他那張照片是在溜冰課上照的，他在那裡表現很好，但後來應我的要求退出了，因為我覺得競爭很不健康。

「我接到體檢通知了。」他說。

「喔。」

「昨天你剛出門參加示威遊行，通知就到了。我看到信箱裡躺著一封信，心裡立刻就有底了。隔著信封我都能聞得出來。我甚至連拆都沒拆，就只是盯著信封看。然後我上樓，慢慢走進浴室，拿出一片刮鬍刀片——我還得先拆開一個包裝卡匣——其實一點痛的感覺都沒有。我本來以為應該要躺進浴缸什麼的，電影上都是這麼演的，但我站在洗手台前面就這麼割了。而且我還割錯了，我割橫的，而不是上下直著割。而且刀片是你的，很鈍，害我不得不用力切。」

我的目光穿過他，望向窗外。

「然後我經過廚房，走回客廳，那盤義大利麵還擺在那裡，從我們看《摩登三人組》重播起就一直沒動，變得很硬，像是某種奇怪的藝術品。我並沒有流太多血。那封信還留在廚房的餐桌上。然後我突然想到，他們不可能這麼快就發現我離開學校，畢竟還要一堆來往通信，繁文縟節什麼的，說不定那根本不是體檢通知。於是我打開了信封。

「結果真的是體檢通知。於是我走到廚房的水槽邊，站在那裡又割了一次。」

從病房天花板垂吊下來的空白電視螢幕，像是浮在那的一顆機械氣球。我盯著點滴管，彷彿裡面會跑出什麼東西來解釋這一切。我目光四處游移，但就是不看他。

「所以我打電話給我媽，告訴她我剛割了腕，可想而知她當然不相信。最後她終於被我說服了，我猜大概是我聽起來越來越虛弱的緣故，然後她叫了救護車來。但問題是，她是從這裡，從底特律叫的救護車，因為她以前在這裡當護士，她以為自己應該熟醫院裡的人，但她以前的熟人早就都不在了，於是她又打電話給行政部門找到某個她以前認識的人，要他派救護車過來。就這樣花了好幾個鐘頭的時間。總之呢，等救護車到安娜堡的時候，我的血幾乎已經止住了。但他們還是把我送過來。在路上，一個助理還是什麼的給了我一根大麻，酷吧？不過我拒絕了，當時我沒心情抽。」

我吐了。我及時衝到浴室去，簾子後面隔壁病床的男人害怕地看著我，我可悲的嘔吐聲在那小小的房間裡迴盪。我很討厭嘔吐，我覺得很恐怖。我跪在醫院洗手間的地板上，突然間感覺到時間的幽靈在我頭上盤旋，就在這櫥櫃似的小小凹室裡，從上大學以來所有的感受全都聚集在一起，沉甸甸地壓在我身上。那種大家都知道在幹嘛，唯一茫然的我也迫切想融入的感覺。嗑藥後飄渺的另類邪惡世界、飛行員夾克、金邊墨鏡和摩托車皮靴。校園街道上，白人演奏著黑人藍調音樂，臉上塗著七彩妝容的舞者，赤腳跳著像患了小兒麻痺症般的舞蹈。癲狂的微笑，和藏在微笑後面的恐懼。無所不在的演唱會，無孔不入的印度教。所有人赤著的腳都是髒的，所有人都留著及肩長髮（譬如我），所有人都留鬍子，連留不起來的人也是。每個人說起話來，都是老兄來老兄去。上個星期我去傑佛瑞那裡借書，他抱著腿坐在廚房桌子下面，一會哭一會笑的。他的室友說，是因為吃了魔菇的關係。

「所以你會去華盛頓嗎？」

「什麼？」

「遊行，示威啊。你會去華盛頓嗎？」

「不會。」

突然間，我很想離開。我不知道自己想要什麼。這裡的塑膠水壺、塑膠椅子、插著塑膠花的塑膠花瓶，我想要痛恨這一切，但突然間心中興起一股感激。它們的膚淺、空虛，讓人感覺安全、熟悉，而我現在正需要熟悉的感覺。

「為什麼不去？我以為你喜歡示威遊行。」

我只是搖搖頭，坐了下來。

小樹等了一會後，按下床邊電視的開關。

哎呀，威利，

我該怎麼告訴爸和媽？

我以前從沒養過寵物。

我只是走在路上，
牠就自己跟過來啦。

「他們送我去看心理醫生了。」

「什麼？」

「事實上，是他過來這裡看我。很合理啊，畢竟是自殺的案例嘛。其實不算太糟，那醫生還滿上道的。我們聊了很久。他是個老傢伙，不過沒留鬍子。我還以為心理醫生都留鬍子呢。我們大部分都在聊你。」

「我？」

「對啊。我跟他說，這件事——我是指這次自殺——對我打擊最大的是，竟然沒有成功。我說，如果是你的話，一定會成功。」

「你們還聊些什麼？」

「真的，我想到自殺的方法這麼多，但我選的是最笨的一種，因為根本一點感覺都沒有。要是你想自殺的話，應該從我這裡學到教訓。我是說萬一你想的話。」

「你瘋了。」

「不，我沒瘋。醫生說的，所以絕對沒錯，我是經官方認可的沒瘋。但我變聰明了一些，有些事我比較了解了，譬如說你。」

我瞪著他看。

「這次自殺讓我處於和你相同的處境。不完全一樣，但也差不多了。這麼多年來，我一直欽佩你，想和你一樣，現在我終於做到了。」

「你到底在胡說——」

「我還記得八歲時你被送走，等你回家時雖然還是同一個小波，但已經和以前不一樣了，不過我一直到長大——上高中以後——才發現。但我現在弄清楚了——你擁有發瘋的權利。因為你在那個地方待過一年，那種地方就是……就算你沒瘋，只要所有人說你是瘋子，你就是瘋子。反正全世界都認為你是，所以你就取得了發瘋的許可。現在的你愛幹嘛就幹嘛，你可以隨時活在界線邊緣。」

「我沒有活在界線邊緣。」

「我沒說你是，我是說你有權利那樣活。你可以選擇，」他嚴肅地看著我。「我連選都沒得選。」他在不動到點滴管的限度下，聳聳肩膀，第一次露出了真心的笑容。「不過我只是個學工程還被退學的傢伙，別聽我胡扯。」

我做了個鬼臉，努力想從他的話裡找些漏洞來辯解，但找不出來。我只能含混地點點頭，再次環顧四周尋找目標來改變話題。他始終堅持地盯著我看，等我最後放棄，迎向他的目光時，發現他的笑容已經不見了。

「她是這世界上唯一能殺死你的人。」他說著將左手臂伸到我面前。「正因為如此，她也是唯一能防止你做這件事的人。」

電視正播放著一個漂白水的廣告，三個家庭主婦手拿著洗好的衣服站在草地上，三堆衣物都很白，不過其中有一堆更白。我掩住耳朵，小樹將電視關掉。電視螢幕變成藍色的，布簾後的病人沒有再發出呻吟聲，我想他不是已經死掉，就是離開了。

「我要換主修科目。」我說。

「我還不知道你有主修科目呢。」他說：「要換成什麼？」

我抓抓下巴。「心理學。」

小樹的媽媽衝了進來，手裡提著一個塞滿毛巾的紙袋。

「我以前在這工作時，這個地方可是乾乾淨淨的。」她沒過來親她兒子，也沒打招呼，一股腦自顧自地說：「這裡畢竟是醫院啊，全變樣了。」

等她把袋子裡的東西都拿出來後，才終於過來在小樹臉頰上敷衍地親了一下。我還記得小時候，他爸爸是我見過最熱情溫暖的人了，我一直希望他能收養我，那小樹和我就能成為兄弟了。他去世時我們七歲。我一直想不通他究竟看上這個女人哪一點。

「我聽說你看了一位專科醫生。」她對小樹說。

「是一位心理醫生。」

「不管。真是太蠢了，拜託，你根本不需要什麼心理醫生。你只不過是經歷了一段低潮期。就像生長痛一樣，只有一點點……」

「是自殺，媽，妳可以直接說出來。」

「不要。」她說完，開始急躁地整理起病房的一角。

「要。」小樹說。

「我帶了一些睡衣給你。」

「媽，我裸睡。」

「在這裡不行啊。他們換過這個點滴了嗎？多久換一次？」

「才剛來換過。」

我站起來讓座給她，但我知道她不會坐。有小孩在的時候，小樹的媽媽總是站著。最後她終於沒事可忙了，她站在床腳，挑剔地看著我們。

「他們應該趁你在醫院的時候，幫你把頭髮剪一剪，你們兩個都是。」

「我想保險給付應該不包括這個。」

「別跟我頂嘴。好險庫理爾醫生還在這裡，我才能和他通上電話，把你送過來，小可憐。那天你單獨一個人在你們住的那個老鼠窩，真是太危險了。」

「是啊，媽。」

「千鈞一髮。」

「那個救護車司機是個毒蟲。」

「他們多久換一次點滴？」

她不斷擺弄點滴管，好讓自己的熱心不會造成任何困擾，但她很清楚，最終她還是會顯得格格不入。過沒多久，果然沒有人再說話，四周陷入一片尷尬的寂靜。

「好吧，那我就留你們兩個自己聊囉，」小樹的媽媽終於說：「我去買些咖啡。我想還是你們兩個比較了解彼此，天曉得，我是真的搞不懂。」

小樹打了個嗝。

不過，在離開之前，她在門口又轉過身來對我說：「你媽媽告訴過你，我在報紙上看到什麼嗎？是一張照片……一張在華盛頓拍的照片。我說過我不是很確定，因為我不太記得她的樣子了。」

「她告訴我了。」我打斷她。我不是故意這麼粗魯；不過，沒有任何事情不是故意的。

「我知道了。」她說完便離開了病房。

太多人因為誤用了言語而傷害到別人的感情，只藉由震動來溝通會好得多，不過這種方法在西方行不通。我希望能有機會幫助她了解，但沒有時間，我們都置身在「紫色迷霧」❸中。

「我懂了，」小樹說：「你是為了這個原因才不去遊行的。」

「遊行？不是，我只是不再相信這樣的抗議方式能達成有效的結果罷了。」

「嗯哼。」

他又打開電視，把聲音調大了些，不停把玩著遙控器，在頻道間轉來轉去，又將聲音調到最大。巨大的噪音和螢幕刺眼的光線讓我頭暈，但我的頭暈也有可能是因為其他事情。

「我不懂，」為了蓋過電視的音量，小樹用吼的：「這世界變化得還真快，昨天你還相信示威遊行，你是——」

「那是昨天。」

我捂住耳朵，閉上眼睛。我不知道這樣有多久，但等我張開眼睛時，護士已經在病房裡，她化了濃妝，頭髮也重新整理過，顯然是給我們的特別優待。她拆開小樹手臂上的繃帶，皮開肉綻的傷口突然就出現在我眼前，青紫、腫脹的割傷還流著組織液，隨脈搏微微震動。在他皮膚上的縫線像是一排有倒刺的鐵絲網。我忍不住抬起腳畏縮了一下。我將目

❸ Purple Haze，吉米．罕醉克斯一九六七年的歌曲名，也是一九六〇年代一種迷幻藥的名字，引申為迷茫狀態的意思。

光從傷口上移開，剛好對上他的眼睛，發現他正直直盯著我。我們對看著，誰都沒有轉開目光，他啪地按掉電視，突來的安靜令人難以承受。

「有兩件事，」他說：「是我媽說不出口的，」我瞪著他，不知為什麼感到有點害怕。「一個是『潔西卡』，一個是『自殺』。」

我站得直直的，背硬得像磚塊，我感覺自己動彈不得。

「你希望我怎麼做？」最後我問。

「去。」他說。

5

我獨自去搭巴士。我承認當巴士在公路上超過軍車時，我也曾跟著車上所有人一起唱〈肥豬快滾！〉。但我感覺自己和他們是分開的，並非一體，因此大部分旅程，我都躲藏在自己的內心深處，探索迷人的心靈運作過程，這讓我得以在熱氣中存活下來，讓我在聞著衣服的霉臭味和大麻味的同時，不至於太抓狂。

巴士上有三十七件軍裝外套，和八把吉他。這輛清晨五點由聯合學生會出發的巴士，是一個能量滿溢的集合體，全車上下擁有的除了齊一的心志之外，幾乎都是窮光蛋，這讓我忍不住好奇，這個政治活動的支出到底都是由誰負擔，說不定是中央情報局自己付的帳，試圖用製造衝突的方式來動搖輿論，他們在芝加哥就搞過這一套。又或許，是學生民主社會聯盟自己出的錢，沒人曉得這個組織實際成員的真實姓名，只知道金邊眼鏡是他們的特徵。

我是匹孤狼，一如既往的獨來獨往，如同赫曼．赫塞㊳小說《荒野之狼》裡的主角——不過我比較喜歡《流浪者之歌》裡的西塔達——他不需要用眼睛看，他能看見被掩藏住的恐懼的靈魂，看見這些靈魂的祕密。我穿著一件茂宜島T恤，T恤上印著落日餘暉中兩個人站在棕櫚樹下的身影，標準的夏威夷海灘景致。這是媽媽去參加哈達沙㊴的公費旅遊時買的。

我自有任務。向來對團體不感興趣的我，只站在後面觀察，我是同儕中的社會科學家。這是我的世代——而我置身其中但從不參與。「誰」樂團㊵說得真好。

看著巴士上的其他人，我了解到自己的改變有多大。我不再是幾星期前的那個大二學生了，我已經是完全不同的我。現在的我，知道自己生命缺少的是什麼，這個缺憾始終存

㊳ Hermann Hesse，一八七七—一九六二年，德國詩人、小說家。

㊴ Hadassah，美國婦女猶太復國運動組織。

㊵ The Who，英國搖滾樂團，〈我的世代〉為其一九六五年的名曲。

在，唯一的例外是在高中時期的那幾天，以及發生在遙遠童年卻影響我生活至今的一次事件。是小樹告訴我的，這是我這輩子第一次聽進他的話。

為了打發長途的車程，我幫忙做了些標語牌。第一張我寫的是：「要命一條！」然後又畫了一張炸彈變白鴿的圖，像這樣：

這圖立刻獲得其他較缺乏藝術天分的人大力讚揚。一個穿著短褲的紅髮女孩請我幫她寫一張「肥豬滾開！」，但我婉拒了。我努力說服她，對於遊行的訴求來說，警方的蓋世太保策略根本是枝微末節的小事。她說她很喜歡我的思考方式。我們站在前後車門兩端遙遙對望，但因為婦女解放運動的緣故，我必須轉開頭。

壓迫的現象的確存在，我不得不承認。在這個國家，對女性的壓迫已經可恥地存在了好幾百年，甚至比對非裔美國人的壓迫還來得久，而且是以一種更微妙、隱晦的方式在進行壓迫。這個性別生下了男性，卻被男性監禁在廚房，禁錮在母親的身分，被社會視為淺薄的性工具和生孩子的機器。真的很令人憎惡。

但為何她們要停止刮腿毛呢？（對，我有罪！我有罪！我知道。但高中時細緻優雅的夏琳・羅斯，現在從自己內心刻板的形象中解放出來，真的活像隻馬吉拉大猩猩[41]。）解放運動在我心中怒吼：我有罪！但我有什麼罪？戀母情結？還是《花花公子》的擁護者？

就在不安的氣氛即將到達頂點時，巴士在華盛頓紀念碑旁停了下來。我們的兄弟姊妹們站在廣闊的草坪上，像是一群玩具兵。我全身充滿了敬畏感。像巴布．狄倫寫的，我們不再是他們遊戲中的小卒。我們是多數，我們有能量。力量與榮耀[42]。

我們將在華盛頓紀念碑的腳下表達我們的立場。無論在帳棚或簡易小棚底下，或鑽在睡袋裡，還是躺在無遮蔽的天空下，我們肩並肩地聚集在一起，陳述我們不言自明的真理：停止戰爭！我們像是騷動的精子般，湧現在這巨大的、陽具崇拜的美國象徵底下，準備要讓我們的國家重生。我毫不猶豫地直接往假日飯店的方向走去。

房價比我預想的貴，不過有空調。在櫃檯工作的女孩——一位女性——用懷疑的目光看著我。從她的眼光，我感覺自己在和一個被訓練和洗腦過的奴隸打交道，而她的主人正是扼殺小生意人的跨國獨占事業資本家（假日飯店的持有人是海灣／西部石油公司）。我用我父親的海灣信用卡開了一間房，沖完水壓充足的澡後，我回到華盛頓紀念碑，為人民的國度增添一個聲音。

---

[41] Magilla Gorilla，卡通人物。

[42] 出自菲爾．奧克斯的〈力量與榮耀〉（The Power and the Glory）。

人潮洶湧。我沒參加去年芝加哥那場我們很多人被打的遊行（我期中考），但我突然感覺，在華盛頓這裡也正在生成同樣的暴力氣氛。排列在人群周圍、安全頭盔在月光下閃閃發亮的警察，正轉動著手中的棍棒，皮膚底下的血正澎湃蠢動。兩端的交通都被阻隔，我們被困住了。為了安全起見，白宮周圍繞了三圈的巴士將我們阻隔在外。我感覺衝突隨時可能一觸即發，空氣裡滿是激情的電流。

然後，在毫無預警的情況下，衝突發生了。一隻手臂由我身後繞住我的肩膀，將我向後拉。我感覺到沉沉的重量壓在我身上，還聽見一聲恐懼的刺耳尖叫，聽起來像是女人的聲音。身體的反射機制發揮了作用，我用盡所有力氣轉過身，將攻擊者甩開，然後擺出了曾經學過幾年的空手道姿勢，並且大聲地鬼吼鬼叫起來。周遭的人群都散開了，最後我發現自己孤單一人站在那裡，擺出戰鬥的架勢。但我面對的不是警察。

是瑪麗．祖普克。

天色已經暗了，場合又不熟悉，雖然她其實並沒有改變太多，但我幾乎沒認出她來。她的頭髮呈現原始自然的鬈曲狀態，穿著工作衫和牛仔褲（不是喇叭褲），外罩一件密西根州立大學的運動衫，腳上是工作短靴，低跟的。

「小波，你嗑藥了喔？」

「嗨，瑪麗。」

「吼嘿！」

吼嘿！有一些事永遠不會變。很顯然，瑪麗．祖普克雖然反叛了自己過去的刻板造型，但她還是徹頭徹尾的啦啦隊隊長。真是謝天謝地。我們彼此環抱，作為革命同志的信號，然後她將舌頭伸進了我的喉嚨裡。

我們決定到她的帳棚裡討論一下革命事宜。她的帳棚是壓克力纖維材質的。結果她開始發表演說，主題是一名七〇年代的女性應該是什麼樣子的，以及身為模範女性必須擺脫什麼之類的。她告訴我關於她自己的故事。從庫里高中畢業後，她直接進了州立大學，主修生物化學。過去瑪麗．祖普克一直對詩、文學之類的很有興趣，可是當我提起這點時，她說有興趣的很多，可選擇的很少（她的原話就是如此）。我也說了一些關於自己的事，大部分是關於我如何決定中斷寫詩的，因為我認為詩本身不足以引領社會的變化，示威抗議才是我們最重要的職責。說完，她拉上了帳棚的門簾。

「坐到我身邊來，
如空氣般貼近，
共享一段灰色的回憶……」

帳棚外有人在唱歌，這是我第一次聽懂了這首歌。以前我一直以為，歌詞唱的是「共享一段葛雷格㊸的回憶」。

整個過程中，瑪麗．祖普克都帶著微笑。她叫我寶貝，將我帶回到邦妮．古德（不是灰色的）的回憶。她高超的技巧和原創性的動作，讓我忍不住想到，在高中淪為性玩物的時期，她必定獲取了不少經驗。

這帳棚是完全沒有通風設計的，但還是能聽到外面人群的對話，有人正在討論馬丁．路德．金恩博士、羅伯．甘迺迪和去年發生的一些悲劇（照理說，主修生物化學的大學生應該會考慮到通風的問題才對）。我撐了很久才射精，讓瑪麗．祖普克爽到快瘋掉，這是她事後跟我說的，我並沒有注意到，因為我心裡正想著別人。我從頭到尾都想著她。我假裝瑪麗是她。

我急著想離開，因此等執行完性教育課程上說的稍微留戀溫存一下的建議，就迫不及待要走。

「你要去哪裡？」她問。

「我有事情要辦，」我說：「很複雜，妳不會了解的。」

「說說看啊。」

「瑪麗，我只是肉體離開，我們的生物能量還是一體的。妳一定有所感覺，在分開這麼多年後，我們的靈魂卻是如此靠近。妳不是告訴過我，妳感覺到了那種震動，難道妳在說謊嗎？《奧義書》[44]中說，只有沒有靈魂的人，才會因為有形的距離而感覺到分離，而那些擁有靈魂的人，就算受困於微不足道的時間和空間，仍然永遠合為一體。我會在這裡的，瑪麗，因為我就在這裡。」

「你只是想打完一炮就跑，是嗎？」

「不是的，瑪麗，我還有事要做。」

我們對望了好一會，然後我便離開了。她不可能理解。她不理解。沒有人理解。

在走回假日飯店的路上，有黑豹黨[45]的人和我搭訕，他們討厭我，因為我不是黑人。然後是白豹黨[46]，他們也討厭我，因為我不嗑藥。再來是「氣象人」，他們也討厭我，因為我不夠危險。但他們錯了，我很危險。

我狠狠大睡了一場。其中在汗氣蒸騰的悶熱房間醒來過好幾次，不知自己身在何處。

---

[43] Greg，音與灰色相近。

[44] *Upanishads*，印度教古文獻。

[45] Black Panther，創立於一九六五年的美國黑人政黨。

[46] White Panther，一九六八年為支持黑豹黨而成立的白人極左派反種族主義團體。

自從八歲那一切開始發生之後，有一個反覆出現的惡夢便一直纏繞不去。所有的惡夢我都記得很清楚。兩天前的晚上，我就做了兩次惡夢。不過天知道，那些我不記得的夢是什麼樣子的，畢竟潛意識太深，也太難以捉摸。我曾經問過潔西卡，她夢過關於我的夢是什麼樣子的，她回答說上帝。我問她，是不是只夢見過她不相信的東西，她說對。我在兒童託管中心時，她寫過一封信給我，信上說她夢見了彩虹。我提醒她這件事，她的回答是：「我就是這個意思啊，還有什麼比彩虹更接近上帝的？」

假日飯店的床前掛著兩幅畫，呈現秋日的森林小路，整片紅通通的。畫風讓我想起初中閱讀文選的插畫，或是那種廉價的書封套膜。我可以原諒平庸的藝術，像是那種遷就於規則的無意義裝飾品，可是現在掛在我面前的畫，已經影響到我的夢了。我感覺好像聽見有輛車從畫中的道路衝出來，朝著床上的我直直開來，但它開了一整晚都沒開到我這裡。

我自慰（如果不完全深入我的心理狀態，這本日記就沒有意義，因此任何面相都不能隱藏），本來想藉此讓自己精疲力盡，但結果沒有幫助。有時我覺得，要是不自慰的話，我一定會瘋掉。我一定要想著現實生活中和我廝混過的女孩，才有辦法自慰。高中時，我曾經在床底下偷藏一小罐「夏里瑪」香水，要幻想時就灑一點在枕頭上。現在，我會在心裡眾多氣派的豪宅裡，構築各種奢華盛大的故事。我是個貨真價實的性愛劇作家。我腦子裡有很多場景，每當我睡不著，就躺在那裡，從各種場景以及愛人的清單中瀏覽挑選，偶爾也會選不出想要的，好像挑誰都不對，除了某個人之外，但我又不能跟她做。想著她自慰是不對的。碰到這種狀況，我只好勉強想著海莉．米爾絲做（有時候在快高潮前，我腦海裡的女人會在最後一秒鐘變成潔西卡。我停不下來。通常我是用毛巾擦床鋪。高中時，為了避免引起懷疑，我用過紙巾。而當對象是潔西卡時，我會捧在手裡很久很久）。

隔天早上——也就是昨天——我起床沖了個水溫不太穩定的澡，套上茂宜島T恤後，便去退房結帳。我告訴櫃檯人員，我在首都有個約會，和社會事務有關，所以才穿成這樣。

「太好了，先生，那祝您順利愉快。」他說。

「希望如此。」我說：「那是在哪裡呢？」

「什麼？」

「首都啊，請問在哪裡？」

「這裡就是首都啊。」

「假日飯店？」

「華盛頓特區，先生，這裡是美國首都啊。」

我客氣地輕笑了幾聲。「喔，不是，我說的是首都大廈。請問是在哪裡呢？」

「就在後面，在那裡。」

「喔。」

這座位於波多馬克河（Potomac）上的龐大扭曲之城，這塊政府建築物蔓生的土地，真是讓人瞠目結舌。在不久之前，在我們的印第安兄弟們還沒被白人羞辱、奪走地位之前，這裡正是他們優游漫步之處。

「T恤不錯。」那接待員說。

6

「請稍候。」這是隔了三年後，潔西卡對我講的第一句話。「真高興聽到你的聲音，小波。」

首都大樓門廳裡的電話亭雖然不像大街上一樣臭烘烘的，但卻是又擠又悶，擠的當然是所謂的上流人士。

「我來了，抱歉，我們剛講到哪了？小波！很高興聽到你的聲音，很開心你打來。」

「潔西卡，妳幹嘛這樣子說話？」

「請稍候。」

電話亭周圍的人群絕望地擠上前來，迫不及待地想使用電話。這些絕大部分穿著西裝的中產階級，就這樣緊盯著身穿茂宜島T恤的我。這個站在我的電話亭前的戴眼鏡男人，手裡提的公事包洩漏了他的名字：羅伯．J．班納威。我從來沒聽過這個人。

「我來了，抱歉。天啊，你還真會挑日子，今天真是忙瘋了。這裡一團亂，我們得準備對這次的遊行發表聲明，但我很高興你打電話來了，我很開心再次聽到你的聲音。」

「很好，我在樓上。」

「什麼？」

「樓上。」

「哪裡？在華盛頓嗎？」

「就在這裡，首都大廈，潔西卡。」

「請稍候。」

我伸出一隻拳頭抵著玻璃窗。我將手指張開，像一隻貼在玻璃碗上的青蛙，看著身體的熱氣——由內心的熱焰轉成的透明體熱——在指尖周圍暈染出一圈霧氣，然後又握緊了拳頭，將指節緩慢而用力地壓在玻璃上。

「我回來了。小波，你怎麼會來……你可以再等我一下嗎？」

我的手開始以某種節奏在玻璃上敲了起來。我腦子裡的噪音開始壓迫我的腦殼，因此節奏變得越來越快，敲的力道也越來越大。羅伯．J．班納威盯著我看。他正等著要用電話，我知道除非讓他等到電話，否則他是哪裡也不會去的。這種事情我很清楚。

「我來了，抱歉。」

「妳在哪裡？」

「嗯，我……你問這個幹嘛？」

「妳在樓下嗎？」

「嗯……」

「樓下哪裡？」

電話亭外，大概有一百個日本小孩，排成兩列，塞滿了整個門廳。他們的規矩很好，頭上統一戴著帽子，還有一個老師站在他們前面，正專心看著一本手冊。

「聽著，小波，我不覺得——」

我緊握的拳頭砸向玻璃，結果玻璃破了，拳頭像是穿出擋風玻璃的腦袋。就在此時，一個日本小孩昏倒了，可能是太熱的關係，門廳裡的人立刻陷入恐慌，在那失去意識、躺在地上的孩子周圍繞成一圈，所有人都在尖叫。我手中的電話一片死寂，斷線了，我將它甩出窗外，看著它像布偶般垂在那裡擺盪。我拿起電話，再次撥了她的號碼，並在鈴響的同時將電話線繞在我的手腕上，緊緊拉住，直到手都變紫了，然後再鬆開，檢視電話線所留下的勒痕，彷彿在欣賞某種勒人專用的科技之蛇所留下的傑作。

「喂？」

「潔西卡——」

「誰？」

「潔西卡在嗎？」

「哪個潔西卡？」

「潔西卡・藍頓。」

「沒有，先生，我們這裡沒有——」

「對了，她的姓氏應該換了。」

「我們這裡有一位潔西卡・艾巴特，她的工作部門是——」

我掛上電話。手腕上的勒痕褪得很快，但我知道有些細胞已經死掉。聽說，每顆細胞都有一個回憶。

一位工作人員模樣的男人匆匆走到那群日本小孩中間，揮動著手臂，試圖想吸引某個沒看到他或不肯過來的人注意。我看著那些孩子，他們其中有些人在笑，也有人嚇呆了，還有一個小女孩在哭。

我聽到隔壁電話亭傳來的聲音，一個年輕女人在點三明治，她一個字一個字清楚地說：帕—斯—崔—米—燻—牛—肉。

我撥電話。

「請找潔西卡・艾巴特。」

「請問哪位找？」

「波登・藍布朗。」

「請再說一遍。」

「波登・藍布朗。」

「請稍候。」

我的手突然隱隱地有刺痛感，我發現有血滴在我腳邊的地板上，是從指關節的地方流出來的。其中一個指節上還插著一片閃亮亮的玻璃。血沿著我的手臂流淌，像是從玻璃窗滑下的紅色雨滴。我順手將血抹在T恤上，並將門推半開。

「她正在開會，先生。有什麼事我可以幫你——」

我掛上電話。

那群日本小孩已經依照引導在門廳裡排成一個圈，圍繞在他們昏倒的小同伴周圍，有人正在幫他做人工呼吸。急救的那人穿著藍色的牛仔褲。

當我穿越人群時，發現有人看看我的手，又看看那昏倒的小孩，似乎覺得我和這場悲劇必定有點關聯。這讓我忍不住懷疑自己是不是做了什麼極度暴力的事，卻完全不記得。

我相信自己是做得出暴力的事的。

我故意慢慢地大步往通道走去。我在電梯前面停下腳步，突然發現潔西卡從另一部電梯走出來。我立刻跟上去，抓住她的手，讓她轉身過來面對著我，但結果不是她，是一個男人。我轉身就跑，往另一個大廳跑，全力奔跑下迎面而來的風迷濛了我的雙眼，風吹乾了我眼中的液體，讓眼睛沸騰燃燒，但它們還是堅持著拒絕眨動。

我走進另一部電梯，一直搭到頂樓，再繼續往下到地下室。我走出電梯，看看四周，然後往上走回門廳，走出了那棟建築物。我沿著長長的灰色階梯往下走，那階梯像是某種帶有皺褶的舌頭，將建築物裡人類的有毒廢棄物往外吐。

我在人行道邊面對著首都大廈坐了下來。我的心思在遊走，我感覺到它從我的頭頂往下滑，沿著頭蓋骨兩邊溢出來。我不知道自己在那裡坐了多久，但等我終於回過神時，我發現自己正瞪大著眼盯著首都大廈的大門，眼周的肌肉因為用力而感到痠痛。我站起身，眺望著階梯，雙手無力地垂著。我立正站直，以立正的姿勢站在階梯底下抬頭往上看，看著首都大廈的大門，守候她的出現。

天氣非常熱。陽光直直曬在我的頸背上，於是我稍微轉動身體，分散一下熱源。我身後有一小群黑人青年，正邊吼叫邊玩著一顆已磨損、洩氣的球。T恤底下，汗水正一滴滴往下淌，感覺像是有昆蟲爬滿我的身體。我的衣服黏在了皮膚上。豪華轎車的車流，在建築物周圍形成一道護城河，但看不見車裡載的人，也無從了解他們各自的意圖。他們是空虛的，又或者空的是我。大概有一百次，我都以為自己看見了她。但都不是。

我保持挺立的姿勢往建築物的側邊走，但一名警衛擋住我的去路，所以我又走回大廈的正面，繼續守候。我注意著每道門的動靜。

一小時後，我又走回去，又被那警衛擋下來。

我開始幻想，那些司機是間諜，或者，那些黑人青年是間諜。我知道他們都不是，但每個人在自己的生命中，或多或少都曾經當過間諜。我買了一條熱狗，不要辣醬。

我回到守候位置，繼續等待。我們八歲時，有次她告訴我，她的父親正在教她法文，以防她將來不想住在美國。他在一個星期後去世。現在她永遠不會離開美國了。

臺階上坐著幾個中學女生，看我站在大太陽下，正指指點點地嘲笑，不過她們整個隊伍對我來說一點都不重要。我在心底藐視她們，嘲笑她們的百慕達短褲，嘲笑她們沒原則又沒外貌。她們其中一個還穿著和我一模一樣的T恤。

隨著時間變晚，太陽越沉越低，陽光受到了樹尖和建築物的阻擋，在我身上投射出陰影。我在陰影裡等待月亮出現。我的腸子越來越緊，好像被人放上一台火燙的鉸鏈機，一吋吋地拉。我痛得在人行道上彎下腰來。沒有人發現。

我夢見我正在睡覺，夢見我睡著了正在做夢。我聽見青野路上一個汽車展示間裡一輛福特跑馬車門甩上的聲音，潔西卡問一個男人車子要多少錢，又問他車子開走一個小時要多少，那男人說算他請客。等我張開眼睛，她就在我的面前，正背對著我和一輛豪華轎車裡的司機隔著車門說話，那人說：別擔心，算我請客。「一個小時後回來接我。」她說。

她在我面前站了好久，等待我站起來。等我好不容易站起來，她牽住我的手腕說：「來。」於是我跟著她走進一座停滿了車的停車場，太陽光照得所有擋風玻璃炫目閃爍。

「我只有一個小時。」她說。

她穿著一件像是舞衣的洋裝，緊貼的材質顯露出她苗條的身材，我忍不住想像她現在每天都穿成這樣，而這些衣服全是他買給她的，還有她腳上那雙繫帶鏤空高跟鞋。

「妳剪頭髮了。」我說。

「你沒剪。」

她看起來和他們那些人一樣，從頭到腳都很像。我很好奇她發生了什麼事，是什麼時候發生的。她和我保持著一段距離，姿態也變得不同，彎腰駝背的，像是長年坐在辦公桌前終老的那種人，就是那個樣子。

「總之，你好嗎？」她說。

「很好。」曾經有一段時間，她很受不了這些客氣的社交對話，不喜歡這種有距離的生活、美好又空虛的生活。突然間我覺得自己很邋遢，我的茂宜島T恤貼在肚子上，而我的牛仔褲（不是喇叭褲）則因為濕氣和太久沒洗，隱隱蒙著一層臭味。我低頭看著地面，這是我生平第一次希望自己打扮得體面些。我感覺很尷尬。我對她來說太年輕，她已經把我遠遠甩在後面了。

「你來這裡參加示威抗議？」她說：「小樹和你一起來的嗎？」

我仔細地觀察她的眼睛，希望可以從中捕捉到一點過去的痕跡。我心中滿是疑問，她現在這樣是在模仿誰，為什麼會變成這樣？她就這麼想擺脫我嗎？是我讓她改變了這麼多嗎？我們在一瞬間變成了陌生人，過去的故事有什麼用，一點意義都沒有。

「我很高興你來了，」她說：「我是說，來參加抗議。這是我們需要的。我辦公室裡那些自由派的笨蛋，比死硬的鷹派人士還糟糕。真的，你知道，連續體的兩端是相接的，極端主義者之間的差異，其實比中間派來得小。這已經是真理了。」

我沒想到會聽到這種二分法的理論。這和她的外表落差很大，我思考了一會後，才發現自己並不同意她的說法。

「我不覺得，」我說：「我以前也曾經這麼想，但現在我學得必須從現有的框架中進行改變。我們不能再發生暴力事件，暴力正逐步將一切都撕裂，太野蠻了。」

「不對。」她堅定地搖搖頭，好像她知道我接下來要說什麼，彷彿這話她已經聽我——或像我這樣的人——說過一百遍了，不過在她引發我這番思考前，我從未有過這種想法。她的眼睛因為激辯而亮了起來。「根本沒有什麼現成的框架——」她說：「你太天真了。我在這裡工作，我知道，非要有流血事件，人們才會聽你在說什麼。」

我摸弄著身上的T恤，棕櫚樹旁的女人臉上有我乾掉的血漬，彷彿本來是以我為目標的槍殺事件，受傷的卻是她。

「我不知道。」我說。

「你不是為了這個來的嗎？」她問：「示威？」

「不是。」

她看著我。「那你究竟——」我們的眼神相遇，我冷冷的目光打斷了她的話。她的分裂態度真的讓我很驚訝。「不管怎麼樣，我還是很高興跟你碰面，真的——」

「小樹自殺了。」

她嚇了一跳。「什麼？」

「他割腕。」

她張大了嘴，然後閉上眼睛不讓眼淚掉下來。她睜開眼睛，用手遮住嘴巴。

「天啊，」她說：「我很難過。」

她做了兩件事情。她向我伸出了雙臂，卻又往後退了一步。「希望你……」她說。

我下意識地又握緊了拳頭。我看著她的臉，將拳頭握得更緊些，緊繃的肌肉拉扯到指節上的傷口，血又開始往外流。我看著她，看著她的淚水，腦子裡的困惑像警鈴般噹噹作響，我們兩人都在和自己對抗。我想抱住她，但我做不到，而她……她要的是什麼呢？

「他沒死。」最後我說：「沒死成。他橫著割，其實應該上下直著割才對。」我伸手比劃著，用指節上的血在手臂上畫出紅色的線條，說：「要這樣割才對——」

她打了我一耳光。我是先聽到聲音，才有所感覺。她的結婚戒指劃過我的臉頰，引起一陣刺痛。我抓住她的手，想把戒指從她手上拔下來。她掙脫跑開，但隨即停下腳步，轉過身面對著我。在她眼底的不是不安，而是其他東西。一瞬間，她再次對我伸出手，但隨即又縮回去。這時剛好有一輛車從停車位迅速開出來，她及時閃到旁邊。

「我不是擔心他死掉，」她隔著一段距離對我說：「我擔心的是你，小波，你一個人要怎麼辦？」

「我這輩子一直是孤單一個人。」我說。她沉默了一會。

「我也是。」

我們彼此對望著，天色幾乎全黑了，我們的目光像雷達一樣穿透黑夜，緊緊鎖在一起。

「是你，」她接著說：「一直只有你。」她用手掩住嘴。「一直是你。」

有時候，事情不是你看到的那個樣子，但有時候是。我慢慢地朝她走去，像是接近一隻逃跑的狗那樣。她沒有動。當我停下時，我們的臉幾乎碰在一起。一滴眼淚從她的睫毛邊緣落下，她用孩子般纖細的手指，不停絞著洋裝的兩側。她伸手想摸我的臉，但就在距離幾公分遠的地方停下，她將雙手在自己面前交握住後放下了。她正在和自己的分裂角力。她伸手摸摸自己的嘴角，發現上面沾了血，那是我的血，我的手所流的血。

一輛豪華轎車開到她身後，她開始後退著向車子靠近。我沒有跟上去。她伸出舌頭，將嘴唇和下巴上我的血舔掉，然後才鑽進車裡。她的眼底像有火焰在燃燒。

當車子開過時，我看她舉起三根手指頭放在唇上，上面沒有戒指，這是她說永別的方式。她的手指從未如此潔白。我們一直對望著，直到她消失為止。就在此同時，城市的另一邊有二十五萬的革命家正放聲高歌，相信事情將有所改變。

7

一個星期後，我收到一封由爸媽轉寄來的信。

親愛的小波：

我無法解釋為什麼。我自己也不懂。但我在這裡可以有所貢獻，我能從事對人有幫助的事。

讓我過自己的生活吧。這樣的生活讓我覺得安全，而且從某種角度來說，我是愛我丈夫的。請相信，我永遠愛你。

潔西卡

我將信撕成碎片，往公寓的另一邊扔。我看著碎片像落葉般一片片飄落到地板上後，又趴到地上把它們全攏在一起，握在手中，好久好久。接著，我把碎片放進茶壺裡，不停地煮，直到紙完全溶解，我又將茶壺拎到浴室，把水全倒進浴缸裡。

我在那裡坐了一個小時。然後我打上領帶，去看心理醫生。

第四部

1

曼哈先生表示同意，最好的學習方法，就是去做。他指的是性，而我談的是心理治療。

我的心理治療是從大學的時候開始，就在一九六九年華盛頓大遊行之後沒幾天。戴威爾醫生告訴我，為了生存，我和同世代的其他年輕人做出了同樣的決定：起身行動。戴威爾醫生安排我進行團體治療。

潔西卡不斷寫信給我，我也回信，因為我相信自己可以用詩把她贏回來。然而，那是我最後一次對藝術的效能感到失望。後來我和治療團體的同伴立下合約，不准再寫信給她。

她還是繼續寫來。她的信中總是簡潔且充滿新訊息。我檢視著她的字跡，企圖找到任何可以反映她的堅定或熱情的線索。有時她寄來一封平凡無奇的信，卻用一句誓言來結尾，說到「愛」這個字，但完全沒提她的丈夫。像這種時候，我就必須單獨去見戴威爾醫生，因為我總會陷入嚴重的情緒障礙。我開始擔心我的心智健康狀況。

我的痛苦是身體本能的。這種痛苦和悲傷的感受，會導致我肉體——胸口，心臟周圍——實際上的疼痛。而後，就像某個晴朗的日子裡你一大早醒來，在一頓好覺之後伸個懶腰、對著陽光微笑，這時，你突然想起你心裡有某樣東西已經死了，於是一切瞬間變成灰色，沒有恢復的可能。

我在睡覺時呼喚她。

我看著街上、課堂上每一個女人，想找出一點點線索來說服自己，這世界上還有其他女人。但是，這世界上沒有其他女人了。

我反覆背誦她的名字。我將她的名字寫在筆記本空白邊緣，寫在防塵書套上，寫在餐巾墊上，加上裝飾，或添加立體效果，有時候還會畫血在她的名字上滴落。那是我的血。一看到任何走路像她的女人，我就會跟在後面。

夜晚時就更糟了。該讀的書都讀完，吃也吃了，你盯著空白的電視機，心想或許可以試著睡睡看，最後卻躺在突然間變得太大的床上，睜大著眼無法入睡。

我只告訴戴威爾醫生我愛她，構成我身體組織的所有細胞，都是屬於她的。這麼多年來，戴威爾醫生讓我在她的辦公室哭泣；她給我一個枕頭，讓我擠壓它、抱它、捶它、假裝那是潔西卡。我從沒像那樣痛哭過，濕淋淋的傷悲。而當我抬頭看著戴威爾醫生，她專業的眼睛裡也含著淚水。她在我憂傷之際所流下的淚水，陪伴了我好久，彷彿一個想像的玩伴，隨時陪在我身邊，殺死寂寞。

我治療團體的同伴們建議我，將潔西卡的來信原封不動地退回。一開始我會利用蒸汽將信封打開，然後再封起來，後來我才想通，不拆信是為了我自己，不是為了她。最後，我將信原封不拆地寄回去。

因此她開始寄明信片。各種風景優美的明信片，全是她擔任公職出差所造訪過的地方。她總在結尾的地方寫著「想你」，然後開始出現「無盡地想你」這樣的字眼。治療團體的成員們建議我換地址。我換了。我換到別的治療團體。

戴威爾醫生支持這個改變，並且開始鼓勵我純粹用自我意志去征服憂傷。她說該是在治療中把所有隱藏的幽靈都挖掘出來討論、檢驗的時候了：父母所扮演的角色、我的母親、母親與我永遠無法得到的那個女人之間的關係、我的父親和自我毀滅模式、戀母情結和內疚感。

最終，我知道她是對的。我終於選擇了要贏回我的人生。我全心地接受她的許多分析解讀，並且努力遵守所有和治療團體成員及戴威爾醫生所訂立的合約。我對戴威爾醫生產生了信賴和敬仰。這是我人生中第一次努力想活得快樂。

要是當年的我走進我今天的辦公室求診，我也會做出相同的診斷。病人雖然身處痛苦之中，卻未必會本能地自我保護。在治療中，我接受的是一種完形心理學的治療練習：幻想自己被刑求。一位偵訊人命令我說出自己的祕密，否則要接受活體解剖。我堅定地說不要。然後偵訊人又命令我說出祕密，否則他就要解剖潔西卡。結果我嘰嘰喳喳說個不停。那個偵訊人是我自己。

潔西卡開始打電話來。為了避免我的電話號碼出現在她丈夫的帳單上，她總是打對方付費電話。由於對自我認同的重新再評估，她的生活越變越混亂。她丈夫不知道她經常打電話來哭。而我了解她，我們一談就是好幾個小時。我幫助她後，她表示感謝，然後帶著新的熱情又回到他身邊。偶爾，她會持續哭個不停，說我是唯一真正了解她的人。我要她回到我身邊，但她說其實她在華盛頓的生活並不算太差。

治療團體的夥伴們，建議我應該拒絕接付費電話。

雖然戴威爾醫生是比較完形心理學導向，而非交流分析派的，但我卻對佛洛伊德產生興趣，因此修了許多課程。當醫生建議我可以停止已經持續兩年的治療後，我決定去進行完整的心理分析。我要求爸媽支付費用。對兒童住宿託管中心的餘悸猶存，再加上我的強烈要求，他們害怕起來。猶太人就是這樣，我爸爸開支票總是不夠爽快。

電話聲又響起時，我拒絕了付費電話。

漸漸地，我發現自己可以一兩個小時不去想起潔西卡。有一天，我整個下午都不記得她的存在。沒多久後，我可以一整天都不想她也過得好好的。我持續地拒絕付費電話。在我終於可以連續兩天都忘記她的時候，她在某天下午用公共電話和我聯絡。

她是從某個電影院大廳的公共電話打來的，她丈夫正在看電影。談話的內容很瑣碎：她開除了一個祕書、我是否看過這部電影之類的。我小心地握著話筒，好像上面塗滿了果醬一樣，而我像一個踩著滑板的雜耍特技演員，努力維持著平衡，我的大腦運作相當鎮定。每一個句子，每一分鐘，每一秒，都如履薄冰。我流了很多汗。我的回答都是簡短的單音節。她還是繼續閒聊著，形容糖果鋪櫃檯旁的一個韓國小孩，她問如果努力試看看的話，有沒有可能得到一個韓國小寶寶？她說，如果我們一起的話，就能生一個寶寶。聽到這裡，我準備掛電話，但她卻開始哭了起來，一邊哭還一邊描述售票處有個胖女人正在吃糖果棒。我深吸了一口氣後，將電話掛上。

我的心理分析師哈塔普醫生建議我換電話號碼，不要登記在電話簿上。我沒換，而是選擇讓電話響不去接。一個人因為自己的選擇而產生的容忍度，真是大得驚人。小樹有時會來我這裡（他已經大學畢業，找到一份不錯的工作），看到我有些電話任由它響，有些卻會接起來的狀況，惱火得不得了。我告訴他，我聽得出她的來電。直到有一次我弄錯了，我就去改了號碼。

§

我是在心理分析師的候診室裡認識妲拉的。她離過婚，三十二歲，一頭短髮，十分迷人。我們隔著擺滿兒童相關期刊的茶几交談，她說她支持小孩，我說我曾經是一個小孩。我們一起共進了晚餐。

兩個接受精神分析的人談戀愛，很少會聊到精神分析之外的話題。但我們會。幾個月後，我的治療結束。然後我們發生了第一次爭吵，起因是妲拉建議我重新參加團體治療。

妲拉有一段辛苦的過去，我很尊重她。她在青少年階段就結婚，生了小孩，隨即就接著離婚。她沉淪在吸毒的惡習裡，無可避免地搬到了舊金山，追尋自我。現在的她，已經重新振作起來，在男人的世界裡走出自己的一條路，保持開放的心，堅持誠實的態度。

每個星期，我會和治療團體分享我們關係的發展，成員們會討論、分析，給予我鼓勵。

而在家裡，妲拉總指責我經常縮在自己的殼裡，造成兩人之間的距離。她指責我明明想拒絕，說出口時卻完全相反，低估了她照顧自己的能力。她指責我不願意明確表達自己的需求，更不肯開誠布公地討論性的問題。我則指責她把什麼都怪到我頭上。

§

我感到厭煩無聊，而她還繫著安全帶。

最後，我們協議分手。我感謝她讓我知道一段關係可以如此有建設性，她坦率地在我面前哭泣。我要求想繼續做朋友，她說她需要一些時間先拉開我們的距離。她說等她準備好時，會打電話給我。

大學醫院的實習工作，提供了我好幾個小時分散注意力的機會。有關孩童的治療工作，我不時惹出一些小小的風波。

某天，有個小孩被祕密送進來，除了主任之外，所有人都不能去看他。不過有一天晚上，我如同往常一樣留得比較晚——我刻意工作得晚，好讓自己沒時間想東想西——然後我看了那孩子的病歷檔案。

這是一個八歲的男孩，企圖強暴另一個八歲的小女孩。小女孩被打得很嚴重，但根據病歷的記載，由於年紀的緣故，他無法進行實際的性行為。

因此我知道，在全世界所有醫院的所有醫療人員中，我是唯一了解狀況的人。

他的房間在走廊的最盡頭。他原來還有一個室友，但基於他曾對同儕有攻擊的紀錄，所以另外那個男孩被移到了別的房間。他是孤單一人在房間裡。病房是鎖著的，不過我有鑰匙。

他是清醒的，躺在床上，睜開的眼睛在黑暗中閃閃發亮。當我將門打開時，他沒有畏縮，只是隱約往我的方向看過來，我走到另一張床邊坐下。

那男孩微微轉過身體來看我，但我只是坐在房間的另一側看著他，沒有說話。然後我躺了下來。

「聽說，」最後我終於開口：「眼睛會漸漸習慣黑暗，因為眼睛中間的洞會變大，好讓更多光線進來。」我深吸了一口氣，又慢慢吐出來。床鋪感覺很硬。「可是我覺得，說不定剛好相反，應該是眼睛的洞變小，把黑暗隔絕在外面了。」

我知道他在看我，因此我盯著天花板。時間是凌晨兩點。隔著身旁的牆壁，傳來某個自閉症女孩床周圍鐵籠的撞擊聲，她也是屬於無法自我控制的類型。

「瞳孔。」男孩說。

「什麼？」我說：「誰的學生[47]？」我轉頭看他。「你是說『小學生』嗎？」

「不是，」他說：「我是說你眼睛裡的瞳孔。」

「喔，」我回答：「對，你的眼睛裡有瞳孔，但是我的眼睛裡有學生。我的意思是，你可以用看的學習到很多東西。在黑暗裡可以看得更清楚，因為沒有讓人分心的東西。」

---

[47] pupil一字同時有瞳孔和小學生的意思。

病房裡安靜得令人尷尬。我聽到他的床單窸窸窣窣的聲音，在一片安靜中顯得巨大無比。

「你在這裡幹嘛？」他問我。

「和你一樣。」我說。

隔了大概有十分鐘的時間，我們兩人都沒再說話。我想像，要是護士早上發現我在這裡，不知會如何。我思考著，本質很好卻不被了解的人，以及本質不好但可以被理解的人，這兩者之間的差異是什麼。還有因為對的理由而做出錯事的人又是如何。小男孩強暴了小女孩，是因為這世界還沒發明出其他讓他表達的方式，而且就算他表達了，也沒有人要聽。

我輕輕哼著。

「不要再唱了。」男孩說。

「我沒有唱，」我說：「我是用哼的。」

「是什麼？你在哼什麼？」

「喔，」我說：「我不知道耶。一首我很久以前聽過的歌，但我不記得了。我只比你大一點點，」我稍微轉過身。「你喜歡氣球嗎？」

「喜歡。」

「真的？」我說：「氣球爆掉時你也喜歡嗎？」

他停頓了一會。「氣球爆掉就不再是氣球了。」

他說的的確很有道理，有些事我自己都沒想過。我轉過身正對著他。

「你在這裡做什麼？」我說。

他盯著地板。「我不正常。」

我點點頭，看見他的眼睛在黑暗裡閃動著。現在黑暗顯得沒先前那麼暗了。

「如果我將這張床移近一點，」我說：「你會介意嗎？如果你覺得沒關係的話，我不太想自己單獨一個人睡。今天晚上不太想，只有今天晚上就好。」

第二天早上，護士進來發現我們睡在一起。她是透過門上的監視窗看到的，但她似乎沒辦法打開門。因為我將門從裡面反鎖了。

我有鑰匙。

這一天終於來臨，是我長久以來一直考慮，但從未計畫實行的。某天早上我醒來，沒有多猶豫一秒，便立刻往西南開了三小時的車，來到兒童託管中心。等我將車在主建築物後方停好時，呼吸已經恢復正常。

驚人的是，那裡的氣味竟能維持這麼久都沒變。一跨進門廳，就有人將我往後帶，我只能向前，沒有退路。

所有東西似乎都不一樣，但我沒想到變的其實是我自己。畢竟那是二十一年前的事了。

我藉口想應徵工作，和精神科的主任約定了面試的時間，但其實我只是想在這麼多年後，從另一個方向走過那些走廊。

當年我在這裡時，建築物還很新，現在看起來還算是很現代，或許是維持得很好的緣故。沒有增建，也沒有翻新。每走上一層樓，熟悉的氣味便襲面而來，將我包覆住，思緒隨之遠遊。我參觀了禁閉室，我歇斯底里的時候多半是在這裡度過，拿著一支鉛筆在牆上寫啊寫的，因為我不肯和任何人說話。整個房間曾經被我寫得滿滿的，而現在，只看得見白漆而已。

精神科的主任是個很普通的傢伙。另外有位名叫雷娜．普林多威的女士，當我將自己真正的來意告訴她時，她只是和善地看著我。最後她表示願意提供我一份工作，但我微笑著拒絕了。光一個心魔就夠我忙的了。

我完全沒預料到，我以「醫療院所外兒童病患的療護」為主題的研究生論文，最後竟然發表在一本暢銷雜誌上。後來由於某個酗酒的護理人員虐待一位八歲的病童，在當地引起一陣騷動，兒童託管中心因此成為論戰的焦點。結果我被邀請到某個電視節目上討論相關的議題，同時出席的還有雷娜・普林多威女士，想當然耳，她是來為自己辯護的。不過預期中一觸即發的戰爭並沒有發生，因為我們兩個大半時候都相視微笑，同意醫療院所雖然不完美，但這次的事件只不過是特殊案例。

之後沒多久，我接到南菲爾德市一間診所的合夥人合約，我自己也莫名其妙。那裡沒有兒童病患，不過工作很有趣。我負責了相當大量的病患，所有人都喜歡我，這完全不像我。我在底特律租了一棟房子，位在租金較低的馬爾洛街，距離我老家只有幾條街遠。

我收到再去上電視節目的邀約，但我很猶豫，心想像我這樣的人怎麼會去做那樣的事。不過，我說服自己，這種輕視的心態其實是一種潛意識的自我憎惡，因此為了提高自我價值感，我接受了。

要是你想得不夠清楚，你最不期望發生的事就會是最可能發生的事：總而言之，她出現了。

她躲在一大把的氣球後面。B攝影棚外鋪著油布地毯的走廊上，暫放著每星期六早上十點的「馬戲團遊行」時間的布景，小丑會經由這條通道，從氣球下面的一道暗門跑出來。我曾在某個星期六早上看過他們在節目上搞砸，不過當時我整晚都沒闔眼，所以再蹩腳的東西我都看得很開心。我沒有發現她站在那裡。

我有點笨拙地站在布偶舞台旁邊，正側過身看拉線操作的人。我撥弄著手上的摘要，不是很習慣即將要面對大眾說話。電視台的人說我一副純真憨厚的樣子，我說是不是應該拼錯幾個字，顯得有創意些。他們說，保持你的風格，這就是節目要的效果。

我事先完全不知道這是個純粹和兒童相關的節目。一個手拿紙板夾的女人走過來，說馬上就輪到我進場了，我看著她的嘴唇，紫紅色，塗得厚厚的。接著的廣告時間裡，國會兒童受虐問題委員會的法律顧問也被帶進來了。打開的門透出光線，傳出經由麥克風放大的、有關青少年人權的對話。有人說到《孤雛淚》（*Oliver Twist*），引起了一陣笑聲。

我討厭小丑。我曾經在一篇論文中將其定位為自戀型的自我機能障礙，根據佛洛伊德的理論，是無法治癒的。童年的時候，我總會想盡辦法避開馬戲團的表演。小丑的紅色大嘴讓我聯想到血。可是如今，我竟然會在星期六早上參與這樣一個有小丑的節目，真是瘋狂的行為。

我不停走來走去，想稍微舒緩一下我的舞台恐懼症。刻意漆成蜜桃色的門，無助於軟化攝影棚的嚴峻氣氛。不過，這多半要怪我自己，為了攝影效果而搽在臉上的厚粉讓我很不自在，而我更生氣的是，自己當初竟然會答應螢光幕之神——這年頭的電視不是神是什麼？——的邀請。這時，那一大把用鐵絲而不是繩子來固定的氣球吸引了我的注意，氣球上應該有上過膠，看起來很僵硬。這應該有小丑的暗門，我決定在上場前先試用一下，看這機關是如何讓人消失的。

「別碰。」她說。

她就站在門裡面。腰部以下都在打開的暗門裡，看起來像是飄浮在空中的半截雕像。

「很棒對吧？正好適合玩捉迷藏。」

我不可置信地看著她。

「看，一道暗門。」她說：「剛好讓我躲在裡面。」

我說不出話來。她撥開一綹頭髮，頭微微左傾，微笑地看著我。

她只是看著我，並不是緊緊盯著，眼睛裡沒有火花。

有一種情況是這樣的，兩個人的對話無疾而終，只剩下背景音樂，可是你們又不打算跳舞：這就是我們的狀況。八分鐘後，手拿紙板夾的女人再次過來，抓住我的手肘說：「時間到了。」潔西卡看著我，收斂起笑容。

「對，」她說：「我也這麼覺得。」

她知道我會來上節目，所以為她遠在華盛頓的丈夫安排了別的行程。等我出來時，她已經離開了。

回家的路上，我用雙手緊握著方向盤，將注意力集中在路況上，小心煞車和車流的變化。我努力試著保持警醒，維持放鬆的狀態。最後，想到今天這場突兀的巧合，我忍不住吃吃傻笑起來，心裡突然興起一種期望……

回家之前，我買了電話答錄機。我原先是準備去買胃藥，結果買了一個從外面打回家聽留言的答錄機。

後來我經過一棟公寓時，看到上面掛著一條橫幅廣告，上面寫著：

要買趁現在！

產權歸住房者所有，一棟樓共六戶。我簽了支票。我想潔西卡會很喜歡這房子的。

我立刻將答錄機裝上。我試了好幾次，還跑去公共電話亭打電話回家。聽見我自己的聲音說：「我是潔西卡，我在這裡。」感覺真的很怪異。

然後我開始打包。我的家當很多還裝箱放在地下室裡沒拆。反正，這棟房子爛透了，馬爾洛街也爛透了。我並非爸媽那樣有種族偏見的人，我只是覺得一個女人應該住在安全的區域。結果證明我不但有性別偏見，而且有種族偏見。這想法讓我作嘔，真相讓我作嘔。

電話鈴沒有響。

我想保留原有的電話號碼，這樣我搬家後她才知道要打到哪裡，但新家的距離實在太遠了。我一直交涉到電話公司的督導高層，但最好的狀況也只能讓我錄一段電腦留言，通知來電者我的新號碼。我不知道潔西卡會不會聽留言。

電話還是沒有響。

有天晚上，我在地下室裡發現了一隻手。從羅伯・佛洛斯特的書底下，伸出一根細細的手腕，幾乎要讓人忽略。我坐在一個箱子上檢視著它，棕色的，縫線斑駁脫落。時間已經很晚，地下室聞起來有股像青蛙一樣的味道，總共有八個箱子，裡面都裝了些什麼東西，我一點印象都沒有。我脫下手錶拿在手裡，然後用另外一隻手的兩根手指頭夾住那根細細的手腕。抱抱猴的脈搏相當正常。

我搬家了。

電話依然沒響。

我用她可能喜歡的各種風格來裝飾新公寓，我努力想回憶起她的品味，但發現我根本一無所知。我似乎特別偏好某些類型的家具。我到五〇年代風格的二手商店尋寶，花了三千塊錢才把所有東西都搞定。但沒多久後我發現，自己布置出來的根本就是潔西卡在馬爾洛街舊家的翻版。

一封搬家通知卡片，帶來了消息：「……先生與太太搬家到密西根州的蘭辛市……」卡片末沒有親筆署名。

我立刻撥電話到蘭辛市的查號台，結果他們還沒登記電話號碼。

那天晚上，我做了和往常一樣的夢，但隔天早上精神還是很不錯。

我第一次聽到自己的聲音，是在莫提．南席克父親的卡帶錄音機上，那年我十歲。我無法相信那是自己的聲音。後來我才學到，所有事情都有外在和內在，包括你自己在內。

潔西卡打電話來了，感覺一點都沒變，不過我把那段留言重複播放了八遍。「我在蘭辛市。因為顧問的工作，我每星期會到底特律來兩次。」

之後她就沒有再打來過。

某天下午，她以艾巴特太太之名，出現在我下午三點鐘的約診。她就這樣坐在診療室的椅子上，開口說她因為失敗的婚姻需要諮商。

我走出辦公室，過了好一會才回來，像個陌生人一樣坐進自己的辦公椅裡，問她是什麼時候開始無法做出承諾。

「我八歲的時候。」

「妳對自己的婚姻感到不滿足有多久了？」

「從婚禮的兩天前開始。我遇見了別人。」

「妳有別的男人？」

「一個小男孩。一個在很久以前丟下我的小男孩，那傷害一直無法消失。」

我彎起拳頭靠在下巴上，輕輕啃著自己的指節。在外面的候診室，蘇珊正和一個來推銷無線電話的男人爭吵。潔西卡顯得很放鬆，張大的雙眼明亮得能讓我看見自己的倒影。這是第一次我相信自己實際上就在裡面。

「我們打算怎麼做？」我說。

她平穩地吸了一口氣。「我不知道。」她咬著嘴唇，往後靠在椅背上，用雙手攏了攏頭髮。她手指上的婚戒已經不見蹤影。

2

真實世界和電影不一樣。潔西卡花了一個星期的時間，與她丈夫攤牌。他並不驚訝。她說她沒辦法再繼續活在他的陰影下，他說這只是八〇年代的通病，但他錯了。不過，身為律師的他，很清楚有些事可以協調，有些不行。他說，她現在告訴他真相也好，他可以及時取消交易，改買比他們原先找的要小一點的房子。她提議要留到他新家安頓好為止，他婉謝了。

和電影不一樣，他並不在意什麼公共形象，或擔心未來會被人抓到什麼不可告人的過去，他說得對，現在畢竟是八〇年代了。他幫她弄到一份完美的推薦信，出自全華盛頓最權威的密西根大學代表人之手。他當初就是靠著這樣的推薦信，輕易得到了蘭辛市的工作。他坦承自己是為了她才接受這份工作的，他感覺得出來她很想念東岸。他說他會永遠愛她。她說，她感到受寵若驚。

在他趕辦離婚文件的期間，他們睡在同一張床上。她將自己的東西打包裝箱，請貨運公司趁他們都不在家時去取貨。

我們選擇放慢腳步。在等待了這麼多年後，操之過急是不智的。她透過電話找到一間離工作地點很近的公寓。她獨自開車來工作。她建議在離婚之前，我們先別見面。距離加上時間，造就未來的遠景。我開始進行夜間的諮商工作。

八天之後，她的箱子寄到我家，數量驚人。我打電話只是為了通知她這件事。她打來說她會需要一些毛巾。我打去說我會留鑰匙給她。她打來說要改個日期。我打去說，如果她早上的時間來，我不會在家。

她在晚上七點半來了。我問她為什麼把東西都寄到我這裡來，她說省得要搬兩次。

§

婚禮在三星期後，只花了一個下午的時間解決。我爸媽盛裝打扮地出席，潔西卡的媽媽和善得令人難以置信。法官找了一名職員來當見證人。我們一起共進午餐。所有人互吻臉頰告別後，潔西卡和我去看了一場電影。

3

我們回到家後，她非常慎重地將外套脫下，彷彿它是有生命的一樣。她對於分離這件事相當鄭重其事。我則不然，我外套總是繼續穿著。這舉動會讓旁人感到緊張，彷彿你只是進來一會，馬上又要出門，但我不想脫掉。或許外套就像另一層備用皮膚吧，以防不時之需。

暖氣爐劈啪作響，彷彿裡面躲著個人正拚命想逃出來。這是潔西卡的觀察，不是我的。那是因為有一個通風口是和臥室相連的，而我又忘記將臥室的窗戶關上了。

答錄機上的燈沒有亮。我打開三盞燈，立刻感覺氣氛舒適許多，這些燈的功用就在於此，柔和的燈光襯著柔和的陰影，讓一切柔和下來。我的公寓非常有家的感覺，完全不像單身漢住的地方，潔西卡從搬來到現在，帶來的改變少之又少。我們剛結婚時，她經常聊到未來的計畫，但她所謂的未來，指的是遙遠的未來。我們時間還多得很。她不想打亂我的生活環境，她不想花時間裝潢，該做的還多得很。生命中重要的事太多了，何必把時間浪費在小心翼翼浸泡、手洗脆弱的衣物上，現在可是八〇年代了。我完全同意。

我走到走廊上的鏡子前面。

「這圍巾要怎麼弄呢？」我說。我開始故意耍白痴。「應該要纏起來嗎？像電影裡看過那種，《齊瓦哥醫生》風格？還是交叉打結？溫莎雙層式？那得要圍巾夠長才行。這顏色，跟我全身的色調滿搭的……」

潔西卡竊笑。這是她最棒的表情，嘴角皺起形成一個淺淺的微笑，小小翻個白眼。我最愛她這表情。我學俄國老婆婆的樣子，把圍巾包在頭上，開始捶打自己的胸口。她不理我，但我知道她在偷笑。

她將外套高高舉起，撢撢灰塵，然後套上衣架掛起來。她滿臉笑意地將她的圍巾疊成五摺，塞進帽子裡放好。有些女人戴帽子很好看，潔西卡就是。我喜歡看她整理這些東西。有人說，你可以從一個人獨處時的行為判斷他的個性。潔西卡自顧自地整理著，完全不知道我在看，這讓我忍不住又重新愛上她。

我走到她身後，抱住她的腰，她沒有嚇一跳，所以原來她知道我在看。我原諒她了。我吻她的頸背，她轉身抬頭看著我。

「幹嘛這樣？」

「沒幹嘛。」

「為什麼？」

「我不知道。」

「來點咖啡還是什麼嗎？」我說。

「不要。好吧，喝一點。」她說：「現在到底幾點了？」

「六點四十五。」

「還這麼早？」她望向窗外，搖了搖頭。「冬天的日場電影就是這樣，」她說：「進場前天色還是亮的，散場後天就黑了，完全打亂了我的時間感。我應該很適合阿拉斯加，或者類似的地方。那是在哪裡？」

「什麼？」

「那個……你知道，午夜太陽之地。」

「在南菲爾德市。」

她歪著頭，像我爸爸那樣扁了扁嘴。「喔，」我說：「對不起，我以為妳說的是午夜特賣。那就不是在南菲爾德市，南菲爾德市是午夜瘋狂特賣會之地。妳說的應該是芬代爾市。」

「我以後的自傳就要叫這個書名。」她說。

「芬代爾市？」

她望著窗外。「冬天的日場電影。」

這就是她的思考模式，已經想到自傳了。我動手煮水，她還盯著窗外，已經開始構思了。我會是第一章嗎？

我最近一直在注意廚房裡的一些小瑕疵，灰泥牆面上的小裂縫，覆著少許白色粉末的小洞。蟑螂的沙灘。潔西卡剛搬來時，提到人自己也會製造塵土——我們不會在意自己身體產生的塵土，但不喜歡別人的塵土。她說她不介意我的塵土。同一天我們還聊到紐約，她說當初她前夫帶她從華盛頓到紐約時，她就愛上了那個城市。她說紐約最近流行用硼酸粉殺蟑螂，沿著踢腳板撒一些就可以。她說，蟑螂大多會在粉末裡玩耍，就像在沙堆裡玩一樣。蟑螂沙灘這種說法，是潔西卡發明的。

我的廚房用具都用釘子掛在牆上，深鍋、平底鍋、鍋鏟，還有一把鎚子。當初小樹和凱蒂結婚時，買了一整套全新的鍋具，木柄，表面是橘色的，內裡是閃亮的白色，煎東西不黏鍋。我常常羨慕別人家裡的東西，但我自己從來不會去買，像是肥皂盒啦，真的掛鉤（而不是像我這樣用鐵釘代替）等等。這些都可以讓潔西卡去選購。

我突然想到，我的自傳如果寫出來，內容應該會和她的一模一樣……

我聽到她正在浴室裡咿咿呀呀地唱著自創的歌劇。我從來沒問過關於她前夫的事，不管是離婚前或離婚後都沒有。他在她心中似乎沒有太重要的地位，我也不應該太在乎。我有一位病患，也正經歷和她相同的處境。

「我的咖啡不要太濃，」她從浴室裡對我喊：「淡一點，多加點水。」

她唱歌純粹是自娛自樂。但我覺得她要是認真唱，一定會唱得很好，現在開始訓練還不嫌晚。我說，我可以幫她出錢去上課。她說她上台唱歌還需要找人替她翻譯歌詞，因為沒有人聽得懂她在唱什麼，這樣花費太高了。

「要加很多糖——」她喊道，停頓了一會後又說：「我要讓胰臟失控。其他的什麼都不要加，拜託你這次控制自己一下。」

我還記得草莓事件，太精采了！我們婚禮前的某一天我突然想到，大部分的烹飪技巧一定是在意外中發現的，像是將魚浸到牛奶裡、用銅碗打蛋白之類的。於是我決定擠一顆草莓到咖啡粉裡試試看，結果害潔西卡不得不去看醫生。

「你有自我控制嗎？」

「有，親愛的。」

我一直想要個摩卡壺，但聽說滴濾式的咖啡是最好的。我將熱水澆進咖啡粉裡。

「你有嗎？」她的聲音在我身後響起，我嚇得跳起來。

「別這樣，」我說：「我的心臟……」

她將耳朵貼在我胸前，把我的外套打開，解開襯衫的鈕釦。她的手很冷。她吻了我的胸口。

「這是我的。」她說：「我要把它帶走，然後你這裡就只剩一個洞。」

她伸手到櫥櫃裡，拿出兩個喝果汁的玻璃杯。

「妳拿這個幹嘛？」

「喝咖啡。」

「不會破嗎？」

她邊走開，邊哼著三個音符，意思是「你不懂」，根據她以前的解釋，同樣的三個音符，哼慢一點意思就變成了NBC㊽。

「這種杯子沒握把。」我說，但她沒回答。

我決定了，我要重新翻修廚房。我們要自己動手，像咖啡廣告裡那樣，潔西卡和我兩個人，穿戴著可愛的白色帽子和吊帶工作褲，爬在梯子上互相打鬧著抹油漆在對方鼻子上，她身上穿的是我的舊襯衫。她穿我的舊襯衫看起來美極了。有天晚上，她全身就只穿著那件舊襯衫，蜷在沙發上閱讀有關房地產權的書，我說她看起來很美，她只回答說：

「很像莎莉．麥克琳㊾吧。」

我脫下手套，走進客廳裡，把我的右手手套給她，她抬起頭看我。

「喝咖啡用的，」我說：「等下妳用得到。免得燙傷了。」我說完往廚房走，走到一半又轉過身來。「為了妳的女性特質著想，」我說：「我會用左手喝咖啡。」

她套上手套，但手指沒有穿進去，把手套的指頭摺下來，只留一根中指，然後一副女性運動者的表情，對我高舉著手套。

「……那兩個人交換呢？」她點點頭。

等我走回廚房轉頭再看她，她已經低頭繼續看起書來了，並且戴著手套翻頁。

剛剛的電影演到一半她就離場了，因為她知道片子裡的小狗會被殺，她不想親眼目睹。她跑到外面的等候廳等，然後探頭進來看那一場戲過了沒有。結果她探頭進來時剛好看到那隻狗被殺，她立刻哭出來，沿著走道跑過來找我。但我不在原來的位子上。我因為那隻狗死掉非常難過，因此已經站起來從另一條通道離開。我們花了五分鐘才找到對方。我們擁抱得太狂野，結果被趕出了電影院。

雖然知道玻璃杯一定會爆炸，我還是隔得遠遠地把咖啡往裡倒，只要記得等倒滿

---

48 美國國家廣播公司。

49 Shirley MacLaine，美國女演員。

後先放一根湯匙進去就安全了。總之，這是傳說中一個老婦人的妙方，意第緒語叫做bubbamyceh。我們在大學時曾經想銷售一種以此為名的新抗生素，其實就是裝在玻璃藥瓶裡的雞湯，結果計畫並未實行。杯子沒爆炸，我們忘了有種東西叫耐熱玻璃。

「放在托盤上端過來，」潔西卡在客廳裡喊道：「文明一點。」

「文明一點。」

我嘴裡一邊模仿著非洲土語，一邊用托盤將咖啡端過去後，又回頭到廚房拿牛奶。

「我要喝黑的。」潔西卡說。

當然，這是經典守則之一：搞清楚自己的老婆喜歡喝怎樣的咖啡，這是愛的定義。但潔西卡每天都在變，這讓我更愛她了。我每天都充滿了期待，像是拆禮物一樣。一個你熟悉的陌生人。她用戴著手套的手翻書，卻赤著手端咖啡喝來氣我，但我知道她是用杯子來暖手。她的手總是冰涼涼的。

在歌劇《波希米亞人》裡有個角色手也總是冰涼的，而且是因為這個緣故才遇上自己的真愛。她掉了鑰匙，而他住在對面。他說她的手太冰涼，要用自己的手來溫暖它們。我討厭歌劇，但潔西卡很愛，她要我一起去看。到最後，那角色死在她愛人的懷抱裡。他們花費了生命中最美好的幾年光陰，努力想在一起，卻快把彼此都搞瘋，因為他們太愛對方了。我覺得這個故事太過簡化，但潔西卡哭得像個孩子似的。她的手總是冰涼的。

「你等下要幫我測試複習一下嗎？」她問。

「好啊，妳現在看到哪裡？」

我的咖啡不夠燙，我加太多牛奶了。我這才想到，潔西卡喝的是黑咖啡，所以杯子一定比我的燙手。這時我的圍巾的一角不小心浸到杯子裡，我撈出來擰了一下，咖啡滴到地板上。

「土地合約，」潔西卡說：「我正讀到土地合約。擦乾淨，不然會引老鼠來。」

「對，而且喝了咖啡會整晚睡不著。」我試著將圍巾調整到比較不具破壞性的位置。「妳的咖啡夠燙嗎？」我說：「我看，我應該乾脆像打領帶一樣打個結，塞到襯衫裡，就像以前中學上工藝課時規定的那樣。」

潔西卡抬起頭。「我不知道你上過工藝課。」

「妳不在啊。是初中的時候，妳當時在俄亥俄州。」

她用力地搖搖頭。

「你知道嗎？我忘記了。」她呢喃似地低聲說，彷彿被這個念頭嚇到了。「我完全忘記那段時期我……天啊。」她茫然地盯著手上的書，但我知道她一個字都沒看進去，而是陷入了回憶。「我以為，我感覺自己好像從小學三年級直接跳上了高中。」

我沒有告訴她，是因為我的關係。我們不在一起的那段年歲，現在對她來說必定像是遺失了一樣，就像一張老唱片裡有幾首被遺忘的歌。有時在多年後，你在唱片堆裡發現這張老唱片，重新聽過之後，會發現那些你原以為不重要、也不記得的歌曲卻讓你驚豔不已。我不希望她認為我對她的失憶症沒有同理心，但那些沒有潔西卡的時光對我來說，絕非沒有價值。其中有許多都是各具風格的好歌。

她回過神，繼續看書。我再次發現她真的很美，不需要刻意也很美，最好的一種。我看著她看書。

我們完全沒有需要互相調整的地方。訂下婚約到結婚的那段期間，我有點迫不及待地希望會遇上某些問題，都是一些很經典的，像是：她擠牙膏的方向和我不一樣、窗戶該開還該關的問題、用小湯匙攪拌咖啡的方法、浴簾的選擇等等。但結果一切都照舊，就連從沒試過的東西，感覺也像是老習慣。潔西卡喜歡將鞋子鞋尖對鞋跟地放在鞋櫃的最底層，呈現芭蕾站姿的第五位置。她小時候從來沒學過舞，也從沒有意願想學，但所有女生都很優雅，這似乎再自然不過。我告訴潔西卡這件事，結果被她上了一小時有關性別歧視的課。她說得沒錯，而這似乎也非常自然。

我看著她喝下一小口咖啡。她甚至沒注意到我偷加了一點細香蔥。

「小波，你這裡是用抵押貸款，還是付房租的？」她突然說。

「是租的，但我有先租後買的優先權。」我說。

「不太合算啊。」

「妳應該早點發現的。」

她嚴肅地點點頭。「義務，」她說：「婚姻裡充滿了義務。一種騙人的合約。」

「不過，是建立在信任上的。」

「你不可能立法禁止信任。」

「潔西卡，有句持家名言是這麼說的：成功的婚姻是來自於『可能』，而不是『不可能』，切記切記。」

她點頭，但沒有抬起眼睛看我。「別以為你的細香蔥騙得過我，朋友，我又不是剛出生的小嬰兒。」

「我不是妳的朋友，我是妳丈夫。」

「你不是我丈夫，你是我的吉祥物。」

「朋友是你可以傾吐祕密的人，吉祥物也是。」我說：「妳今天一整天都還沒對我說過任何祕密呢。」

「我已經沒有祕密了。」

「編一個。」

她盯著書，但我知道她沒在看，她看書的時候嘴巴不會動。她突然抬起頭，用手撐著下巴，直直地看著我。

「我八歲時失去了童貞。」

我感覺被一把斧頭直劈在臉上。我站起身，走進廚房，突然間圍巾變得好緊。我將它一把扯掉往牆上扔，不小心勾在釘子上，我用力一拉，竟然就扯破了。我聽到自己沉重的呼吸聲。我在原地站了好一會，覺得頭暈目眩。等我走回客廳，發現潔西卡正在看書。

她臉上的表情很平靜，但我不相信。心理治療史上，有太多看起來平靜的人，但就是這些人刺殺了總統。

她說那句話的另一個可能性，是要製造效果，驚嚇我，傷害我。她太聰明了，不可能沒想過這一刺有多傷人。指責像是砲彈碎片一樣，多年來一直隱藏在看不見的地方，又或許，仍在怪罪我自己的人，就是我自己。我不停飆髒話，像個瘋狂的印第安人一樣，繞著她踱步。

「我不介意，你又何必介意呢？」她說，頭還是低著。

「因為那是我犯的罪吧，我猜。」我說。

「我不懂，是我的童貞啊。」

「我因為這件事被送走了。」

「我也是。」

她手套早已脫下。突然間似乎再也無話可說。我從客廳走回廚房，又從廚房走回客廳，又開始打起轉來。這次她在廚房門口就堵住我。她沒有伸手碰我，而是等待著我去碰她。我也沒有碰她。我很想打她，但我了解到，把氣氛弄糟的人其實是我自己。以我建議病人面對自己不可告人祕密的經驗看來，她的反應似乎很冷靜，我也相信是真的。所以，一定是我自己的問題。

她又站得更近一些，我們的肩膀已經碰在一起。就算沒有真正碰觸到，光是她的身體在我旁邊的感覺，就熟悉到無法讓陌生感持續太久。她將手放在我的手臂上，傳來一股暖意。她靠到我身上，我用雙手捧住她的臉，看著她的眼睛。那是一雙真誠的眼睛，所以，一定是我自己的問題。

「潔西卡，妳為什麼要那麼說？」

她眨眨眼睛，然後迅速垂下了眼皮。不過，還算是真誠的眨眼。

「是你叫我說一個祕密的。」

「我是說編一個祕密。」

「這祕密我從沒和任何人說過。」

「妳不需要告訴我。」

「我想說啊。」

「我的意思是，妳『不需要』，因為沒有必要，因為我也是當事人，不是嗎？」

「沒錯，」她說：「我們之間沒有任何祕密，小波。」

「妳好像覺得這樣是錯的。」

「不是嗎？」

「是嗎？我覺得這樣好極了。沒有人像我們這樣親近。我們很特別，有很多人可以——」

「天啊，小波，需要我說出口嗎？有醫生替自己治病的嗎？」

「什麼意思？」

「我聽你講過，你說病人會向你大聲哭訴。」她走到桌邊坐下，將書闔上。「你總是說，每個人都需要孤獨，需要自己的祕密花園……」

「祕密花園！天啊，我希望我沒用過這個詞，太六〇年代了吧？」

「聽我說，別這麼自命不凡好嗎？你告訴你的病患要有自我的空間，祕密可以幫助他們保持自我的獨特性。可是天啊，小波，我沒有任何事是你不知道的。」

「所以呢？我也沒有任何事是妳不知道的啊。」

「對，對，我曉得。」她假裝吸了一口菸，姿勢像個滄桑的老妓女。「但我寧願有我不知道的事。」

我看著牆壁，然後又轉過身來。

「真的嗎？譬如像什麼？」

「這就是我說的重點，我不想知道譬如像什麼，我想要驚喜。我不是要你什麼都不告訴我，我只需要知道自己有被驚喜到的可能性就夠了。」

我抓抓頭。「妳覺得無聊？」

「不，我不無聊，這才是最恐怖的。我感覺自己好像和你一起走在鋼索上，哪會無聊？只不過，這根鋼索是由我們兩人所變成的，每一公分都是我們。要是我掉下去，就什麼都沒有了。如果還有一些事是我不知道的，我至少覺得自己還有其他選擇。我也想去探索有哪些可能的選擇，我想要尋找，你懂嗎？我想要有更多選擇，但先決條件是要有東西才能選擇。我希望至少能有一個屬於自己的祕密。」

突然間她笑起來，我有點被激怒。我知道她在嘲笑我臉上的表情，但她的笑聲充滿了愛意。她站起來，伸手撫過我的臉，像盲人在探索某個珍貴的東西那樣。她的手很冷。她緊緊地抱我一下，低聲說了句我愛你便走開了，留下我站在原地。

「記得別脫外套。」她說。

我脫掉了。

她沒有看我，我希望她看我。她走到衣櫃間，一件件外套輕拍過去。

「你知道嗎？」她說。

「我不知道，」我氣呼呼地說：「我什麼都不知道。」

她轉過身，眉頭緊皺著，看起來一點都不漂亮。我才剛有這樣的念頭，不禁譴責自己竟然有性別歧視，隨後又暗暗怪罪她，讓我發現自己是個有性別歧視的人。

「我們從來沒有真正地相遇過。」她說。

「什麼？」

「從來沒有。不算真的相遇，我們總是剛好就在一起而已。就連小時候，也沒有人介紹我們認識過。」她把手伸進衣櫥裡，把玩著一件我從未穿過的運動服。「我們甚至連第一次約會都沒有。」

「第一次約會。」我的嘴巴發乾，咖啡有時會造成這種現象。

「對。」

我瞪大眼睛，譏諷地點點頭。我流了很多汗，但感覺有點冷。我將外套又穿回來。

「妳想要來個第一次約會？」我說。

「對。」

「什麼時候？」

她鼓著嘴，抬頭向上看，貝蒂娃娃㊿的標準動作。

「現在。」

4

你絕不會按自己家的門鈴，對吧？你也常忘記自己家的電話號碼，因為你要是獨居的話，很難得會打電話給自己。此時，我站在自己家門外，等待著門打開。我和潔西卡在一起生活三個月了，但我從未意識到自己已經不是獨自生活的人。

我期待她會用小女孩的聲音問：「誰？」但結果她說話的聲音就像是一個普通的、厭煩的女人。我到底在期待什麼？

「誰？」她走近門邊，又問了一次。

「我。」

「誰？」

「我是波登，波登・藍布朗。」

㊿ Betty Boop，卡通人物。

「請稍等一下。」我聽到有拖動椅子和關上抽屜的聲音。有人說等一會，也有人說等一下。我應該把圍巾帶出來的。在一個理應從來沒見過面的人家裡，發現自己的圍巾掛在廚房的釘子上，感覺很古怪。

「我是並排停車，」我說：「電影還有十五分鐘就要開演。這次的碰面，妳媽媽和我媽媽已經安排好幾年了，她們會很——」

她打開門，性感美麗得讓我屏住了呼吸，彷彿剛從一輛疾駛的車跳下來，或正準備往上跳。我真的有一種從未見過她的感覺。這種感覺一開始有點讓我害怕，接著便迷失在其中了。

「嗨，波登。」她說：「你不進來嗎？」她轉過身，往前走幾步，然後隔著一段距離外旋過身來面對著我。我打量著她的步伐和姿態。可能是經過精心設計的關係，完全不像潔西卡，但又如此自然，感覺像是天生遺傳來的，只不過我想不出是遺傳自誰。突然間，我想到她在俄亥俄州的阿姨。「很高興終於見到你，久仰大名了，」她和我輕輕握了一下手。「你不會真的並排停車了吧？我還以為我們會先小喝一杯呢。」

我立刻感到有些扭捏不安。她始終帶著微笑，但她的眼睛正在打量我，一種女性的審視眼光。先小喝一杯，猶太人不喝酒的，異教徒才喝酒，潔西卡就是異教徒。今天晚上我要看著她剝去外皮，展露出她的內在，我想這對她是很好的機會，可以用另一個人的身分，揭露出一些自己長久以來都不曾碰觸的事情。我會喜歡的。

「你要坐一下嗎？」

我從來沒看過她這件洋裝，這雙鞋我也沒看過。她的化妝風格變得不一樣，也化得比較濃，但我覺得很迷人，同時又有罪惡感，因為她像是另一個女人。在伴侶的聯合諮商治療中，常常用到這樣的做法，讓兩人的關係重新找回活力。這種事情是我的專長，今晚我是自己的醫生。

「我不確定我們的年紀是不是可以喝酒了。」我說著，坐在自己的沙發上。

「真的！」潔西卡走到客廳另一邊，拉上窗簾。「你覺得我們應該幾歲了呢，藍布朗先生？」

我摸弄著身上的外套。剛剛站在門外時我設想過，第一次約會，所以我們現在應該是高中生，可是現在我又沒了主意。她叫我藍布朗先生，這讓我想到，我應該連她的名字都還不知道。我已經想不出要接什麼話了。

「妳的名字怎麼拼呢？」我問。

「一個a。」她說。

桌上的一些東西——我的東西——她重新擺過了，這舉動的意思是現在這些全都屬於她。她再次走過我身邊時，我聞到她身上傳來一陣香味。是我從未聞過的味道。她的眼神似乎覺得很好玩，但冷冰冰的。

她這是在嘲笑我，還是和我一起同樂？關於幽默感的分析，是近來很流行的論文主題。我開始覺得害怕了。

當我們還小時，潔西卡就是個很好的演員。我還記得她在集會課時上台表演，她絕望地哭倒在舞台地板上，老師還打斷演出，跑上舞台去看她出了什麼事。結果潔西卡只是抬頭淡淡地說：「我正在表演，史道麥斯基先生，請你坐回位子上。」

我大學畢業論文的主題是——精神分裂患者與表演。我的理論是他們的心智是「兩邊制」的，一邊負責接收資訊，另一邊則以另一個人的身分，將訊息重現，以某種角度來說，這就是精神失常。所有偉大的演員都是如此。

我訝異的是，潔西卡一點也不迷人。在她身上看不到首次約會者的興高采烈，不過，畢竟一個人只能將自己過去的經歷帶入角色。很明顯這並不是這位女演員的第一次約會，也不是經歷的重現。這就是我們實際上的第一次約會。我望向廚房，圍巾已經不在那裡。

「不管了，你要喝些什麼？」她說。

「蘇格蘭威士忌。」我自然地脫口而出，因為我爸爸總是點這種酒。電影裡也是，所有人似乎都點威士忌。我討厭威士忌。

「加冰塊嗎？」

「好。」

我不知道我的酒放哪裡，我甚至不知道家裡有酒。

「你先自便，」她說：「我等一會就回來。」

有人會說等一下。一個a。我在門外先報上了自己的名字，真實的姓名。也許她本來就沒打算用真實名字。我是邊進行邊編故事，而她似乎心裡早就有底。

「你在外面還好吧？」她在廚房裡高聲問。

「我不知道這裡算是外面。」我低聲說。

第一次約會時，你會試著發揮一點個人獨特的幽默感，但要說小聲一點，要似有若無，這樣要是對方聽不懂的話，你才可以假裝自己只是在咳嗽。

她探出頭來說：「你說什麼？」

「我說，我不知道這裡算是外面。」她茫然地看著我。「妳問我在外面還好嗎，我說，我不知道……」

要是潔西卡，一定馬上就聽懂了。我有點不知所措。

她用托盤端來飲料。用的是咖啡杯。

「謝謝。」我說：「妳喝的是什麼？」

「琴酒。」

「我不知道妳喜歡琴酒。」

「愛死了。」

我們安靜地喝著，我感覺尷尬，但她似乎很自在。我環顧公寓，看看裝潢、藝術品、書，儘管已經看過上千次，仍然裝出一副沒看過的樣子。我還批評了一下地毯。

「所以，」她突然說：「你是學心理學的，對嗎？」

「對。」

「這工作聽起來真有趣，探索陌生人的心靈，我想到最後你也會非常了解自己吧？」

「這倒未必。」

「這樣啊。」她蹺起一條腿，裙子在開衩處張開，露出一半大腿。這舉動讓我很震驚。

「你為什麼選這行呢？」她說著啜了一口杯子裡的飲料。那不可能是琴酒。

「我自己也搞不清楚。」我說。

她讓高跟鞋懸在腳上晃啊晃的，然後彎起腳背。我看著她小腿上的筋隱隱往上浮動，心中突然興起一陣嫉妒，彷彿我是別人，而她趁我不在家的時候在勾引人。

「也許你應該去看心理醫生談一談。」她說。她微笑著湊近杯子又喝了一大口。

我點點頭。

「你要脫掉外套嗎？我真是太不周到了。」

我一直穿著外套，我喜歡這樣。潔西卡絕不會說「這工作聽起來真有趣」。對所有結了婚的伴侶來說，他們無可避免一定會吵架，然後突然有一天就變成陌生人一樣，無話可說。我和潔西卡絕對沒那個榮幸變陌生，我們沒有那樣的空間，也沒有那樣的必要。然而我們現在卻面對面坐在共有的客廳裡，讓它發生了，強迫兩人變成陌生人，突然間我覺得沒道理極了。我看著她的眼睛，也找不出她的理由。我的胃翻攪得想必比她還厲害。她拿著飲料站起來，走到我後面要幫我脫下外套，但我沒有彎身向前配合她。她稍微拉了一下我的衣領。

「離電影開場還有很長時間，」她說：「你不熱嗎？」

「我不熱，而且我們也看過電影了。」我突然說。威士忌讓我作嘔。潔西卡往後站。「我們今天下午看的電影，那隻狗死了。就是這樣，潔西卡。」

我站起來，不悅地轉身面對她，她又往後退了一步。她的眼神在她和她想扮演的那個人之間來回移轉。我抓住她，我從沒做過這樣的事。她往我的胸口打了一拳，掙脫開後，跑到客廳的另一邊去，我立刻跟上去，但撞到了椅子。她原本擺在椅子上的書掉在地上，我看到書名是《現實》（*Reality*），我眨眨眼再看一次，才發現是《房地產》（*Realty*）。

「你在幹嘛？」她說。

「夠了。」

「什麼夠了，你別碰我。」

「我不想再玩這個遊戲，我要收拾收拾回家去了。到此為止——」

「不要抓我。」

「我沒抓妳。」

「你剛明明就抓我了。你以前從來沒這樣過。」

「妳怎麼知道，我們十分鐘前才認識的。」

「不要這樣。」

「沒錯，我受夠了。」

她試著拉整一下裙子，我猜想她正在重新修補她的角色。我不想讓她繼續。我上前一步，她往後退到牆邊。我從未這樣過，她很害怕的樣子。突然間我很想幫助她，但我一伸出手，她就嚇得往後縮。我不知道該怎麼辦。我很疑惑，難道我的表情和我想傳達的心意不一樣？演員的身體會回應和反射。我的腸子糾結。我知道自己面無表情，但硬要做表情出來似乎太荒唐可笑。我屏住呼吸，淚水從我的眼睛裡冒出來。我深吸一口氣，想忍住眼淚，但就是停不住。我打嗝、漲紅了臉，眼淚還是不斷湧出。我轉身，往廚房走去。

外面的水氣凝結在廚房窗戶的玻璃上。我看著窗子，觀察自己的臉。我媽媽是我見過最偉大的女演員，她曾經告訴我要把我送給印第安人，讓我信以為真。我在窗上呵出霧氣，用掌根和三根指頭按出火星人的腳印。我聽到潔西卡在隔壁房間哼起歌來，但我不知道她為什麼要哼歌，也不確定她現在到底是哪個潔西卡。她哼的歌或許能告訴我答案。我努力聽，但聽不清楚。於是我轉過身想靠近一點聽，這時我看到了我的圍巾，疊成五摺放在流理台上。我拿起來繞在脖子上，緊緊拉住。我想勒死自己。我抬起頭時，她正站在我面前。

「是我。」她說。

我盯著她，她也盯著我看。另一個潔西卡已經從她眼底消失，讓她看起來像是穿錯了衣服一樣。

我垂下視線，將圍巾鬆開。

「我也是我了。」

她伸出一隻手，準備要握手的樣子，但我伸錯了手，所以她只好將另一隻手也伸出來。我將她的兩隻手都握住，還是一樣冰涼涼的。

我的床頭燈，是她買的一個藍色扇貝，從角落投射出藍色的光。有時候，做愛是可以像電影裡那樣的，只要燈光對了，你可以從觀眾變成劇中人。那一晚，她的嘴巴變得不一樣，她的唇也比平常溫熱，彷彿有某種華麗的病毒悄悄由她的脖子往上爬，讓裡面所有東西都鼓脹起來。我想像她的舌頭是一顆草莓。

她將雙手探進我的外套裡擁抱我。我們的身體自動找到適合融為一體的形狀，在床頭的藍色燈光下，她全身緊貼在我身上，彷彿努力想抓住什麼穩定的東西。她眼睛睜得大大的，我看到裡面充滿了恐懼。她的綠色虹膜上有著棕色的小斑點，當燈光被我擋住時，我看到她的瞳孔放大，不知為何，我很想在裡面游泳。

女人會討論男人的嘴唇，但我們自己卻常忽略嘴唇的重要性。我就很注重嘴唇。我將嘴唇壓在她的唇上，頭往右傾，嘴唇像蓋章一樣跟著慢慢轉動，然後再轉回來，久久流連不去，讓兩人的唇相依相連。我用嘴巴輕觸她臉上的每一吋肌膚，她的眼睛張開又闔上。我握著她的雙手，放到她頭頂上方，我是她寒夜裡的人皮手套。

她的洋裝散落在我的手上，在沒有人體的支撐下失去了形狀。有一瞬間，我想過應該要摺好，但還是讓它直接掉落在地板上了。再來是她的長筒襪。到底是誰發明這種吃定了我們男人的東西：就像童年時在櫥窗看到的人體模特兒，套著尼龍絲襪的魅惑雙腿，沒有腳趾的完美雙腳。

我躺在她旁邊伸著懶腰。她身後的燈泡像落日一樣，將她的輪廓變成了剪影的效果。我目光掃過她的胸部、肚子、大腿，看起來像是一座座高低起伏的沙丘。我伸手一處處撫過。女人皮膚下的脂肪層讓她們摸起來格外柔軟。

我將臉輕靠在她的肚子上，鼻子懸在她的肚臍窩上方。有人的肚臍是外凸，有人是內凹，這裡是小孩出生後第一個列入統計數據的資料。我朝裡面輕輕呼氣，她微微地顫抖起來。我可以聞到她從雙腿之間傳上來的熱氣。

我將掌根貼在她那片小小森林的上緣，上下來回地推。她弓起背迎上來。我可以感覺到她變得潮濕，我用手指撥弄著，然後停下來，用圈起的手掌將熱氣護住，像是一個人在無助時，拱起背上的硬殼，對抗世界上一切的魯莽無情。她纏繞在我頭上的手指壓緊了一些，我將下巴往下移。

我親吻她的兩腿之間。有些人痛恨不完美，因而不喜歡那裡的毛髮。但不知是不是她八歲——但八歲的身體不是都沒有毛髮嗎？——或十六歲時的身體為我定下了審美標準，又或者我是天生就鍾愛她這樣的皮膚和毛髮，而她也剛巧天生就長成這樣？

我聽說過有些男人的特殊偏好——我的工作就是聽人訴說祕密。在我一生中，大部分的東西我都不喜歡，現在我有了喜歡的。

小時候，我很害怕舔冰淇淋冷凍盆裡的剩料，橡皮刮刀舔起來觸感怪怪的，而且總覺得攪拌機的攪拌刀會把我的舌頭割成碎片。但現在我卻將舌頭沿著潔西卡肚臍底下的凹痕，一直舔到她的兩腿之間，舔過汗水聚集成的一道小河流。有人不喜歡汗味。我在中學時學到，汗水本身是無味的，味道是來自於你的皮膚，香水原來是除臭用的。

我將臉埋進她的毛髮中，下巴上下輕推。她彎起一邊的膝蓋，開始發出有韻律的呼吸聲，她的雙手伸進我的頭髮裡，不肯鬆手。

在中學的時候，常看到有人穿的運動衫上畫著一條伸出的舌頭，底下寫著：鹹桃子。我一點都不覺得有趣。更小的時候，媽媽念過一本叫《從一顆小橡子開始》（*From Little Acorns*）的書給我聽，書裡解釋了一些我搞不懂的東西。

我的衣服幾乎全露在外套外面了。我跪在她的膝蓋中間，和她對視著，她只鬆開一下手，立刻又對我伸出了雙臂，我俯下身，外套像是斗篷或降落傘，將我們兩人蓋住。我們腰對著腰，手臂彼此像蛇一樣纏繞，她兩邊的膝蓋在我身體底下交替地屈起、又放平，像是慢動作跑步一樣。就在這天晚上，我體會到光陰隨著我們每次呼吸倒流的感覺。她抱住我的脖子，將我的臉拉近她自己的脖子，激烈地吻我，就在此時，過去的年歲彷彿開始隨著我們狂奔，這是有史以來的第一次。

八歲時，我很想當交通安全糾察隊員。他們可以站在路口，保護小孩不被車撞到。他們佩戴著交叉的白色皮帶，喊：「停！走！」他們都比我大，他們討厭我。「停！」代表：有車來了。「走！」代表：車子過了。他們譏笑我，因為我用手捂住耳朵。我不肯戴媽媽給我那頂有耳蓋的帽子，因為我不想弄亂頭髮。所以當我走到路口時，會脫下手套，把手捂在耳朵上取暖，因此我也聽不到他們嘲笑的聲音。

潔西卡把我往上拉時，她的乳房也向我傾靠過來。她拉著我，讓我把眼睛湊近她唇邊，她一一吻過我的眼睛，好像對待初生嬰兒般輕柔。她雙手扣住，將額頭壓在我的臉頰上，膝蓋在我底下緩緩地跑動，慢慢地，我的腿也跟著跑起來。她將手指伸進我的頭髮裡，在我耳邊喃喃低語：別放手。

有一天，我和一群交通安全糾察隊員一起站在路口，我帶著一張美術課上用秋天落葉做的拼貼畫，緊緊握在手裡。當我脫手套時，那張畫掉落在馬路上，我想跑過去撿，但他們不讓我過去。我看見車子開過來，將畫絞進輪胎間扯破，然後攤在雪地上輾了過去。交通安全糾察隊員站到一邊說：「走！」但已經來不及了。

潔西卡的呼吸聲像是我腦裡的聲音，在我進出她的身體之際，那歌聲也在我腦子裡進進出出，每當我往外抽，她的身體便即時緊緊包覆住我。她喃喃地說：「別放手。」

第二天放學，我站在同一個路口。天氣好冷，手套黏住了我的嘴唇。交通安全糾察隊員們站在路口打鬧嬉笑，互拉對方身上的皮帶玩，大風將雪掃進我的眼睛，我看不見他們，只聽到其中有人喊：「放手！」結果捂著耳朵的我聽成了「走！」於是開步就往馬路上走。幾乎要撞上我的車子，為了閃避我滑向了人行道，有人尖叫。我在驚恐中跑了起來，膝蓋瘋狂地運轉，一路跑回家，跑進房間跳到床上，抱起在枕頭上等我的抱抱猴，把臉埋在他脫線破舊的身體上痛哭。嚇到我的不是那輛車子，是那些交通安全糾察隊員。

我忍住身體裡的泉水。別放開。像是有一道水閘門，要忍住真的很痛苦。別放開。她的指甲深深陷入我的背。我感覺兩腿之間像是有某種生物，一隻焦躁、振翅、不受控制的飛禽。忍住。我的肩膀扭曲，沒辦法再忍下去了。

性高潮不是罪惡。我像一條河流般衝進潔西卡的身體裡，我用兩隻手將她拉起來。她無法抑制地在我身體底下啜泣，我將頭埋進她的頭髮裡，輕聲喚著寶貝。我聽說過有人希望一結束後就馬上離開，大部分是男人，但我絕不會這樣。我哪裡都不想去，只想和她在一起。

5

隔天早上，潔西卡懶懶地賴在床上。她半坐著，埋首在星期天的報紙裡，收音機隱隱傳來必備的巴哈樂曲，咖啡杯靈巧地放在她蓋著毯子的膝蓋上。咖啡是我沖的，盛在印有我們名字的兩個馬克杯裡。杯子是她媽媽送的結婚禮物，潔西卡收到當天就去店裡把杯子上的名字換成比爾和南西。

她把《自由報》闔上說：「只要一次，」她停頓了一下，留意一個作者的署名，接著說：「只要一次就好，我想當南西。」

她將報紙繼續疊成五分之一大小，塞進床墊和牆壁之間。我買了一個專門丟報紙的字紙簍，那是我為了邁向文明生活的唯一進擊，但她從來不用。

「南西是我。」光著身子坐在她旁邊的我說：「過去我一直是南西，以後也是。」

我滾下床，穿上外套，床單圍住毛髮較少的肚子，感覺冰涼涼的。我穿上黑色短襪，跳了三拍的「馬鈴薯泥舞」51，測試一下木頭地板的光滑度。我心想，這年頭好的舞蹈都消失了。現在大家只跳迪斯可，而且過一陣子也會退流行，下一波興起的會是某個表達空虛的時尚風潮——讓我們所有人都躺在地上，無所事事吧。

「看報？」

「不，謝了。」我說：「嗯，看一下漫畫好了。」

我大略翻過所有的連環漫畫，我最喜歡的一些都停止連載了。我偏好那種簡單的，字體大大的，情節少一點。小時候我嘗試看過《大魔術師曼德雷克》，但是被裡面的黑人嚇到。

51 Mashed Patatoes，美國一九六〇年代興起的一種時髦舞蹈。

「潔西卡，妳要玩字謎嗎？」

「不要。」

我沒辦法懶散。我有個病患，克雷夫藍先生，他沒辦法停止工作，因為他和我一樣是炸彈年代的小孩，從小就在核爆蘑菇雲的陰影下長大的，他甚至還不是猶太人呢。難怪中國人整天笑呵呵的，他們從來不用擠在學校窄窄的門廳裡，在自己的置物櫃前面排好隊，在窗簾全部拉上的陰暗環境裡唱〈天佑美國〉。我第一次見到潔西卡，就是在一次空襲演習的時候。潔西卡要求要回家，好在炸彈掉下來時可以和自己的家人在一起。老師只好坦承那只是演習，潔西卡還指責她不該誤導小孩。我看著躺在床上專心看財經版的她。她還是原來那個她，只不過她現在可以喝咖啡了。現在她是比爾。

「我準備好要猜字謎了。」

「小波，我還有兩篇專欄還沒看。時間還早。」

「現在兩點了。」

「那又怎樣？」

「時間到了。」

「什麼時間到了？」

「站起來振作的時間到了。」

「那你就安靜地振作啊。」

該向她學習一下。有時候我羨慕懶惰的人，這是我做不到的。她懂得比我多，因為她會懶在床上讀報紙。在雞尾酒會上，我是那種循規蹈矩的人，而她則會大受歡迎。放鬆有助於食物的消化。潔西卡從來不放屁，這是我經由觀察後所得出的結論，而我，則是隨時隨地都在排氣。紀律和罪惡感之間，有精神病學上的關聯性，然而少了其中任何一個，人就不可能有所成就。我有一位病患是個詩人，他問我治療會不會毀了他的詩，我說只有那首詩很成功的時候才會。我是開玩笑的。後來他停止了治療。我只是在開玩笑。

潔西卡把科學新知版疊起來。

「我就知道他們遲早要發明人造血液。」她說：「用鐵氟龍做的。」

自從我的會計得了感冒，蘇珊開始要求分紅利後，我只好自己處理帳單，現在文件堆得整個餐桌都是。我穿上睡袍，開始整理帳單，潔西卡繼續待在床上看《檢驗者》。我等不及想看社會醫療保險制度破產了，要是按照我的做法，我只收現金或雞，每一節診療收六隻雞，或者一個心理情結收一隻。我的圍巾蓋住了帳單，我將它移開，然後又拿到面前，因為圍巾聞起來有她的味道。昨晚的香水味讓我微微顫抖起來。這實在太誘惑人了。

我們沒有討論昨晚的事。也許後來那場性愛把一切都清洗掉了，我們不靠說話所達成的理解，遠非靠說話所能企及。或許她對自己竟然想出這個主意感到羞愧吧，我很好奇她以前是否也為自己和前夫想過什麼點子。我常告訴病人，在性愛中運用幻想是好事，只要雙方都同意就可以。

她說，她前夫從來不知道我們的事，還有自己曾經在和他做愛時想著我。她告訴我這件事時，我沒有回應。我和妲拉做愛時從未想著她，但我總是在事後想她。早上我遞咖啡給她時，兩人的目光相接。這是確認事情的一種方法。我們對前一晚的事都有共同的疑問，但沒有答案。

半夜的時候我曾經醒來，看見她正站在窗前，凝視著外面的一片漆黑，她的手指壓在窗框上，看起來像是正試著想出去的樣子。外面窗台的四個角落已經積了厚厚一層雪，像是被人噴上了鮮奶油。不知為何我突然閃過一個念頭，她是在等聖誕老人。我裝睡。我不知道該說什麼才不會嚇到她，晚上恐怖的事情太多了。她在快睡著前，曾經說了一句：「不要讓我走。」但我無法確定她說的是：「不要讓我走。」還是：「不要，讓我走。」她從窗邊轉過身來，我將眼睛閉上。她躺回床上後，我將手放到她背上，兩人很自然地擁抱在一起，但我想她不知道我是醒著的。人們在睡夢中所做的舉動常被認為是理所當然的。

她曾經告訴過我，她有時候仍然在等待聖誕老人的出現。她承認很荒謬，但萬一——只是萬一——他真的存在怎麼辦？這不等於對全世界開了一個大玩笑！何況，也不是沒有比這更奇怪的事發生過。她告訴我這件事的那天晚上，我在她睡著後還一直清醒著，我聽著樹枝掃過屋頂上的屋簷排水溝，發出像是細碎的蹄聲。事實上當然不是，但科學家絕不會百分之百剔除那是聖誕老人的可能性。

我埋首繼續帳單的工作。我的同行說，我們有權利收取高額的費用，作為多年苦讀的補償，但我們學的所有知識再多也不可能切合所有病患的需要。潔西卡說，全世界的人可以分成運動員型和職員型兩種，演員是運動員型，作家是職員型，律師是職員型，焊接工是運動員型。我是職員型的。我對於收錢有羞愧感。根據我所接受的教導，在美國所有人都有權利賺錢過好日子。我爸媽是這麼說的。我告訴他們，但不是每個人都有辦法得到自己所需要的。生活，是偷竊狂。

「你在幹嘛？」潔西卡從臥室裡喊道。收音機正在播放鄉村音樂。她一定已經開始玩字謎了。潔西卡痛恨鄉村樂。

「我在弄帳單。」我說。

「我同情你。」她說。

每當我們在外面說笑話，總會被當成火星來的。我向來不覺得我們比一般年輕夫妻來得博學多聞，但潔西卡說我們是。她說得對。

我對著臥室裡喊：「妳報紙看完沒？」

「馬上好。我還剩三個字。」

戲劇演出裡，每當有年輕夫妻互喊字謎的提示，總帶有某種象徵的意義。潔西卡總是獨力玩字謎遊戲，因為她比我會玩；她比我會玩的原因是，她比我常玩；她比我常玩的原因是，她不讓我玩，因為她比我會玩。

「天氣很好，潔西卡，我想出去。」

「馬上好。」

其實，天氣糟透了。前晚下了冰雹，我夢到自己和田納西隊的恩尼・福特（Ernie Ford）玩棒球，我投出一球重重地打到他，結果他死了。他們把我送上法庭，並且吊銷了我的駕照。我還記得，比起有人死掉，我比較擔心駕照的事。

「小波，外面天氣很爛。」

克里夫蘭先生還沒付款。藍道爾・摩里斯也沒付款。我發現一張大都會隊的入場兌換券，每星期有一晚適用。終於有一張是我可以確定該怎麼做的了，我把它撕掉。

「沒有下雪。」我說。

突然間，潔西卡站在我身邊，不知何時已經穿好了衣服。藍色緊身牛仔褲、寬鬆的運動衫，是白色的，正面沒有任何圖案那種。她說她逛了六家店，才找到一件全白的運動衫。在交流分析法中，治療開始前會先給病患一份問卷，其中一個問題就是：你會在你的運動衫上面寫什麼？若你的答案是「什麼都不寫」，據說是代表了自尊和自我形象的缺失，表示父母親所給予的負面訊息已被同化入病患的再現系統。我不同意。運動衫就只是衣服而已。

「雪停了。」潔西卡說。她吻吻我的頭髮，然後把咖啡杯拿進廚房。我注意到她的運動衫領口很寬，露出一大部分的肩膀和鎖骨。說不定是為了這個原因才跑了六家店的吧。她還穿了運動鞋，也是純白的。潔西卡對於優雅有種莫名的崇拜。

她在廚房裡往外喊：「我們去沙灘吧。我只有小時候去沙灘玩過。」

我在兒童託管中心時，戰勝了對游泳的恐懼，因為魯狄亞讓我在游泳時尖叫。我大部分的恐懼，是來自於對恐懼的恐懼，一旦我面對它，恐懼就消失了。不過我十歲時有次去沙灘玩，帶著游泳圈沿著岸邊漂浮，突然看見一個洞裡有一隻小龍蝦在游泳。我嚇得跑掉。我害怕的不是小龍蝦，我和哥哥在岸邊捕過牠們。我也不是害怕游泳圈。那我當時到底在害怕什麼？

「我們有水桶和鏟子嗎？」潔西卡邊沖洗著馬克杯，邊問道：「我們有潛水面罩嗎？」

樂波維茲小姐已經預先付款。曼哈先生都付現。賴瑞．福朗先生要確定自己的狀況有改善，才會在下次診療前付款，因為我有次不小心嘲笑了他。

「這些帳單你帶到沙灘去處理，」她說：「我也會帶本書去看。我們走吧。」

「帶妳那本房地產的書。」

「快啦，已經兩點了。」

她幫我又倒了一些咖啡。時間是三點半。很奇妙，傾倒液體的聲音，和小孩張開嘴巴拍打自己臉頰的聲音，可以說是一模一樣。小時候，我是個人體音效大師，但對其他事就不太在行。有人可以把拇指彎折成兩半，我就怎樣也做不到。

潔西卡摸摸我的頭髮。「快點嘛，南西。」

「我們沒辦法去，」我說：「我們沒有海灘球。」

「沒關係，我有氣球。走吧。」

除了我從小聽說是非猶太教徒去的聖克萊爾湖之外，底特律附近沒有屬於五大湖水域的湖泊。不過，附近還是有一些很不錯的湖，其中有個珊蒂湖灘，就位在我小時候夏天常去的度假地附近，當年大半的汽水都還不是罐裝的。其實，布滿整片沙灘的玻璃瓶真的有種藝術美感，各種品牌都各有精心雕琢的獨特形狀，如果是鋁罐，就純粹是垃圾了。我們現在就準備去珊蒂湖灘。

我印象中的珊蒂湖，有著灰色的湖水，連結著一圈奶油餅乾顏色的沙灘。這個時節，所有一切都凍住了。車子在停車場結冰的地面上失控，往旁邊直打滑，不過所幸四周沒人。我一時興起加速，結果車子原地打轉幾圈後，撞進旁邊的雪堆裡，停了下來。

「深陷生命的雪堆。」我說。

「沒錯，」潔西卡說：「深陷生命的雪堆。」

潔西卡一走下車就跌倒了，而且是經典喜劇場景式的屁股直接著地。不過她沒有立刻轉頭張望是否有人看見她跌倒，我還以為那是人類的本能反應，和臉紅一樣是不自覺的。我猜她應該跌得很痛，因為她哭了一會兒，大概是又氣又痛的緣故。看見她哭，我還滿驚訝的。不過女人真的會因為痛而大哭，以前我總覺得這樣的舉動和婦女解放運動有所牴觸，何況眾所周知，女人對於疼痛的耐受度是比較高的。我在行為精神病學期刊上看過一篇關於黑色幽默的文章，探討人類之所以會嘲笑別人的不幸，是因為慶幸倒楣的不是自己。文章裡引述了一位老太太過馬路時在路邊絆倒的例子，我看得直笑。但如果跌倒的是一個小孩，就沒那麼好笑了。

我讓潔西卡玩陀螺轉。我推她的肩膀，讓她坐在冰上旋轉，叫她抱住膝蓋幫忙，等終於成功轉起來後，她大笑起來，然後因為暈眩，往後倒在停車場結冰的地上。她伸手遮住眼睛。

「是耳朵，」我告訴她：「暈眩感來自於妳的耳朵裡面。」

她脫掉手套，蓋在耳朵上。

「這是奇蹟，」她說：「怎麼可能！」

潔西卡相信奇蹟。她能在平凡單調的事情中看出奇蹟，所以才不辭辛苦地活下來。她相信，將一封信放入自家門口街角的藍色小箱子裡，隔幾天後同一封信就會飛到千里之外，掉進某一戶人家門上的信箱口——這就是奇蹟。長途電話也是類似的奇蹟，所以對她來說，長途電話費很便宜。我和她爭論：要怎麼評估一個奇蹟的價值？紅海一分為二要多少代價？她說，代價是四十年的光陰，和我一輩子的罪惡感，我聽完就無話可說了。

停車場旁有一間木頭小屋，醜醜的，而且因為是冬天，已經用柵欄圍起來，也阻斷了湖灘的視線。我把潔西卡抱過柵欄，一邊驚訝於自己的力氣，一邊擔心起自己的骨頭來。我不信任脊椎指壓治療，骨頭被弄得咔咔作響是不正常的。但潔西卡信那一套，她說那是一種古老的療法，我爭論說老的不一定比較好。她問比什麼好，我也無話可說。

半結凍的雪直直覆蓋到灰色的地平線處，天空和湖水融為一色，在陰暗的天色下像一塊無瑕的水晶。要是有陽光的話，或許會閃閃發亮，但從陰沉斑駁的天色看來，應該即將就會有一場暴風雪。風呼呼吹著，被颳起的雪塵不時形成一道道的迷你龍捲風，一切都被寂靜所滲透。看不見腳印。

小時候，小樹最喜歡冬天，冰上曲棍球是他的強項。現在他為了凱蒂和孩子必須剷車道上的雪，還要開車去上班。他恨死冬天了。

「我不相信冰屋。」潔西卡說。她跟在我後面，為了配合我的速度，加大了步伐。

「我不管人家怎麼說，在一座冰做的房子裡，怎麼可能溫暖。」

「這和人體的溫度有關，」我說。薄薄的冰殼在我們的鞋底應聲破裂，露出底下的雪，讓我聯想到奶品皇后冰淇淋店（Dairy Queen）的脆皮巧克力。我一直到高中才知道，被子不會讓東西變暖。之前我一直以為，只要把被子放在床上，等你要睡時被窩就是暖的。當然不會，熱的是你的體溫，而且體溫是可以分享的。等我知道真相後，覺得自己真是蠢透了。潔西卡說，她曾經以為「禁止通行」的警示牌是巴士公司的廣告。

我們吃力地朝湖邊一步步邁進。

「我們要走去哪裡？」潔西卡問，我說要去見巫師。「我見過他，」她說：「沒什麼了不起的。不如我們走到這裡就好了吧？」

突然一陣寒風襲來，結果站在前面的她直接遭受攻擊。她將手套擋在眼睛前面，痛得眼淚直流，一氣之下，她復仇似地開始猛踩地上的冰殼，把碎掉的冰全踢開，直到周圍剩下一塊白雪地，她才氣喘吁吁地停下。我用圍巾幫她擦掉眼淚。

「來，妳破冰，」我說：「我來滾雪球。」

她繼續踩地上的冰，我動手做第一顆雪球。我先用雙手捏出一個完美的小雪球，然後輕輕放在地上，開始慢慢地滾，先旋轉一周，換個角度後再滾，讓雪覆蓋住整個球面，重複同樣的動作，最後還要壓結實。潔西卡已經將雪地的邊界擴展到一段距離外，腳下的劈啪聲也隨著盤旋的風飄得遠遠。

三個雪球的大小必須符合比例，要不然成品看起來就會像腦積水或象皮症，某種畸形的變種。我還記得小時候走在家附近，看到半融的雪人五官從臉上滾落的樣子，活像是一個個痲瘋患者。

等最底端的雪球滾得夠大以後，我開始滾中間的雪球。我琢磨著，要不要來點前衛點的東西。用傳統的胡蘿蔔當鼻子，不過還要在上面釘一個大頭針，或許再弄上藍色的頭髮？為了表達對優雅的崇敬之意，我改變心意了，古老的傳統還是比較可靠。我決定用煤塊當眼睛和鈕釦。

我注意到四周的景色出現了兩個微小的變化。潔西卡不知跑哪去了，她的破冰小路一直通往木頭小屋後面，脫離了我的視線範圍。從停車場的方向，有兩個人影正慢慢接近。

隔著茫茫雪地，那兩個人影顯得格外小，但我可以很清楚地聽見他們橡膠靴隨著腳步起落發出的聲響。我看著他們。那兩人的身高差不多，等他們走更近一些時，我發現兩人的步伐非常協調，幾乎可說是同步。突然間，他們的行進軌道改變了，穿越冰凍的雪地，朝著我直直走來。我四處張望尋找潔西卡，沒看到她的影子。

我將中間的雪球又滾了兩圈，壓實。正當我滾第三次時，感覺到有人正盯著我看。我轉頭面對那兩個陌生人。

他們肩並肩地站在離我約十碼的地方，不想再多靠近一步的樣子。這兩人身高大約一六〇公分，頭戴毛線帽，穿著軍裝大衣、橡膠靴，各自圍著一條米色和褐色的條紋圍巾，顏色很搭。他們連圍巾的戴法也一樣，繞一個圈，在前面打個結，拉得高高地蓋住了臉，只露出兩雙灰色的眼睛。他們手插在口袋裡，並肩站在我面前，我無法分辨兩人的年紀甚至性別。他們安靜地看著我，感覺有些詭異，但還不至於令人害怕。

我將雪人的頭放在早已安放就位的第二顆雪球上端，露出了微笑。

「你們覺得怎麼樣？」我說。

兩人完全沒有反應。我突然想到，他們說不定是外國人。從他們眼周旁露出的一點粉紅色皮膚看來，或許是北歐人。雪地，對他們來說是自然棲地，搞不好他們根本沒戴手套。

「你們想幫我一起做雪人的頭嗎？」

我假設他們是小孩似的，刻意這麼問。這實在有點傻，因為完全看不出他們是不是小孩。在他們身上，沒有任何特徵可辨識，不過不管他們是哪種人，兩個都是一樣的。我轉念一想，這樣說也不對，因為他們可能是一個男孩，一個女孩。或是一個女人。他們明明清清楚楚在我眼前，我對他們卻一點把握都沒有。我最近讀過一篇有關人類大腦和推理的論文，裡面舉了兩個句子來證明一個論點：

她聽到冰淇淋小販車開過來的聲音。

她想起她的生日紅包，然後她跑回房子裡。

上述這兩句話裡，沒有任何確定的資訊指出她是個小孩，或者她想買冰淇淋，或甚至她跑回家是為了拿錢，但所有人看了都知道是怎麼回事。不過，所有人也可能都猜錯了。

「你們住在這附近嗎？」

我試著回想關於外套的細節，女裝的鈕釦和男裝好像是相反的，但我不記得了。他們隔著圍巾，呼出一團團小小的熱氣，讓他們彷彿暫時置身在雲霧中。他們說不定有九十歲了，天知道。我開始感覺有點不耐煩。

「你們看到潔西卡了嗎？」我說：「那個和我在一起的女人，你們看到——」

他們只是彼此對望了一下，又繼續看著我。其中一人把雙手伸出口袋，是戴著手套的，另外一個舉起了一隻手，是光的。憑著手，我就能分辨他們的年紀和性別了，但他們隨即又把手插回口袋裡。

「我本來考慮想做點特別的，」我說：「但還是決定遵循傳統，你們知道的……」我在空中畫了垂直的三個圓，心想他們會不會以為我畫的是紅綠燈。

「用煤塊做眼睛和鈕釦。」

我當然沒有帶著煤塊，但還是伸手到口袋裡找，發現什麼都沒有時還裝出驚訝的樣子。那兩個人走開了。我猜他們大概以為我要掏槍什麼的，或者是要給他們錢。我沒有追過去，我還滿高興他們離開了。

地平線外暴風雪的跡象越來越濃，視線很不清楚。我大聲叫潔西卡的名字，但沒有回應。寒風掃過我的臉，激出眼淚，眼淚流出後就凍住了。我發現自己連胡蘿蔔也沒有。遠處的橡膠靴咔嗒聲漸漸消失在雪地中，我徹底隻身一人。

我急著在潔西卡回來前完成雪人的頭，當作驚喜。我將雪人頭放在最頂端，再稍微調整一下。然後我沿著湖灘找了一會，想找些石頭來代替煤塊，我甚至連貝殼或浮木都列入考慮了，可是那裡什麼都沒有。那尊沒有臉孔的創作品孤單單地站在雪地上，你看不出它面向何方，因為它沒有臉。我心想，它連屁股都沒有呢。

我再次呼喊潔西卡，沒有回應。我大叫比爾，還是沒回應。

我正準備走回車子那裡的時候，突然想到一個主意。我從外套上拔起五顆釦子，兩顆當作眼睛，一顆是鼻子，一顆是嘴巴，然後手裡握著剩下的一顆，往車子的方向走去。

潔西卡就站在木頭小屋的後面，她旁邊有一個雪人。

「嗨，」她叫道：「你看！覺得如何？」

「很漂亮。」我說：「我從湖灘那邊看不到妳，被小木屋擋住了。我急死了。」

「我在這裡啊。」她說。她正往雪人的臉上做最後的裝飾，但我看不到，因為雪人的臉是對著小木屋的。

「妳有沒有看到那對雙胞胎？」

「什麼雙胞胎？」

「有一對雙胞胎啊，」我說：「他們剛剛走過去，在我那裡看了一會。」

「沒有，我沒看到他們。」

她用手指直接插進雪裡面，沒有戴手套。我還發現，她的外套是敞開的。

「妳的手套呢？」我問。

「我不知道。」

「妳應該戴好手套的，潔西卡，這樣會生病。還有，外套也要扣好。」

她看著我。「你是我媽嗎？」她眼睛裡閃著怒火。

「對不起。」

她稍微推推她的雪人，測試一下穩固度，然後站開一步。

「反正呢，」她說：「我的外套是扣不起來的。」她張開手讓我看，手心上有一顆鈕釦。我繞著她的雪人看一圈，眼睛、鼻子和嘴巴都是鈕釦做的。

「我想做自己專屬的雪人。」她說：「我們去看看你的吧。」

但站在那裡看不到，因為有小木屋擋著。

「算了，」我說：「時間太晚了，我們六點前要趕到，走吧。」

我們走到車邊，我擦了擦擋風玻璃後，兩人坐進車裡，呼出的空氣立刻在車窗玻璃上結了一層霧。我發動引擎，按下除霧開關，車窗漸漸變回澄清。等車窗變透明後，我的雪人立刻映入眼簾，它在小木屋的另一邊，正面對著我們。潔西卡看見它了。

一開始車子輪胎打滑了一陣，沒辦法往前動，接著我在停車場裡繞了一圈，輪胎有點不受控制。最後，我們終於開上已經撒過鹽的主要道路，安靜地向前開。

開過三個路口後，車子經過兩個行進中的人影，正沿著路邊步伐一致的往前走。潔西卡轉頭看他們，又回頭看看我，然後看著前方的擋風玻璃。「那就是我們將來的樣子。」她說。

「什麼？」

「雪人、他們和我們，三對雙胞胎。」

§

「我不想去。」她終於開口。

「我也不想。」我說。

「我不希望自己不想去，」她說：「他們是你爸媽。」

「他們討厭妳的程度，和妳媽討厭我的程度差不多。」

「幾乎沒差別。」

「沒有差別。」

6

我們轉進勞德街後，積雪變厚了，附近街區整個被覆蓋在雪中，依舊是我童年時最喜歡的樣子，雪白、乾淨，像夢境一樣。我將車停在老家前面，隔壁鄰居家的遮陽板都拔掉了，自從新的人家搬進來後就是這樣。南席克家決定跳過郊區，直接搬到邁阿密。小樹說莫提當了醫生。

「算你運氣好，現在雪停了，否則我會先給你一把鏟子，讓你先剷剷雪再進門。醫生要我別再剷雪了，他懂什麼呢。我說別擔心，我寶貝兒子要來吃晚餐，他會幫我效勞的，他可會剷雪了。」我爸爸吻吻潔西卡的臉頰，取走她脫下的外套，我的外套還繼續穿在身上。「妳該看看他以前那個樣子，」他伸手準備接過她的帽子，繼續說：「剷雪速度之猛，快到我怕他會昏倒。其實是因為他討厭剷雪，只想拚命快點完成。結果滿身大汗，好像被人追著跑似的，我還怕他會得肺炎呢。他會收我兩毛五當工資。後院車庫旁邊要鋪石板的時候，他就漲到五毛了。他幫鄰居工作倒是免費，叛逆的孩子。」

「他現在還是這樣，」潔西卡說著將外套從他手中拿回來，然後摺好自己的帽子。「不過是換成洗盤子，我得乖乖待在客廳，免得被什麼東西砸到，他洗個碗盤跟打仗一樣。」

「我喜歡洗碗盤。」我說。

「每次我們到別人家吃飯，他總搶著要洗碗盤。」她說：「他會假裝自己是出於禮貌，但其實純粹是一種反社會行為。他會離大家遠遠的，自己待在廚房裡。」

「她比你還像心理醫生呢。」爸爸說。

「活寶三人組[52]也比我像心理醫生。」

「他們在哪家診所執業？」

---

[52] Larry, Moe and Curly，英國丑角組合。

「我還以為你們有洗碗機呢。」爸爸說。

「有，但是你兒子不相信現代科技，他覺得會致癌。」

「是真的會。」我說。

「別說這種話，就算開玩笑也不行。」爸爸說。

「你們的洗碗機有問題？」媽媽也加入了。「故障了嗎？我認識一個……」

「嗨，夏洛特。」潔西卡說著親吻了她的臉頰。

空吻，是一種表示友好的儀式，互碰臉頰但只親吻空氣。不過潔西卡空吻的時候，會讓嘴唇稍微碰到對方的皮膚，我們在討論虛偽的時候，談到過這一點。

「要喝一點東西嗎？」

「喝東西，可以；只喝一點，不行。」我說。這笑話是我在上高爾夫球課時聽來的。

「只是開玩笑，爸，我沒事。」

「潔西卡，妳呢？」

「我很好，爸，沒開玩笑。」

我們都笑了。

「路況還好嗎？」

「不算太糟，爸。」

「你們是從羅吉公路過來的嗎？」

「對。」

「什麼？那你們是走七哩路到青野路然後穿過來的嗎？」

「是的，爸。」

「路滑嗎？」

「有一點。」

「你們是從七哩路還是八哩路轉到青野路上的？」

「七哩路，爸。」

「撒鹽卡車撒過了嗎？」

「夏洛特，這是新的嗎？」潔西卡說：「我不記得上次來看過這個。」

「不是。事實上，這是我母親送的結婚禮物，願她安息——」

「好漂亮。」

「四十年囉，我的天啊。」

「嗯，真的好美。」

「要喝一點東西嗎？」

「喝東西，可以；只喝一點——」

「太晚了，孩子們，準備開飯。」

哇，夏洛特，這聞起來好香啊！這圍裙真可愛。這道菜怎麼做的？妳比較喜歡電動的。牛肉在特價。我用勞瑞牌的。是《盛宴巧思》的食譜嗎？我要抄下來。這是「廚藝牌」的嗎？

在潔西卡和媽媽閒扯的同時，我檢視著餐桌。四張椅子，靠牆的位子是我的。餐桌上方懸著一根我有記憶以來就一直存在的長鏈子，鏈子連接著嵌在天花板上的排氣風扇，拉動鏈子就能啟動開關。

「你們要喝什麼呢？」媽媽問。

我按照爸爸建議，坐下來放鬆一下，試著別去關心爐邊進行的對話。

「我什麼都不要，媽。給我水好了。」

「還穿著外套，你不熱嗎，小波？」

他們首次和潔西卡面對面相見那天，簡直像是一場俗爛的滑稽喜劇。二十年來，他們聽過各種關於她的傳聞，他們見證了我的自我折磨，並且用過各種簡單卻含糊不清的方法，來表達對我的關心。我曾經聽他們說過，希望她已經死了，因為這樣我才有可能振作起來，回到正途，將那個柔軟、芬芳的惡魔驅趕出生命。然而現在，我生存的另一個動機，我靈魂中始終失落的一角出現在眼前，對他們來說最重要的卻只是握手言和：很高興見到妳。

我過去的困擾一直在於可能性。我會想像自己坐在餐桌邊，看著潔西卡和我媽媽，發生各種可能的情況。我曾經協助經歷截肢手術的病人，發現既定的事實處理起來比較輕鬆，會慢慢折磨人的，反而是未知的可能性。而現在，我正目睹著事實的發生。

電話鈴響，媽媽過去接起後又走回來。

「找你的。」

「找我？誰？病患嗎？我沒有留這裡的——」

「不是病患，是個陌生人。」

「喂？」

「喂，小鬼，你好嗎？」

我和我哥雖然都住在郊區，但我已經好幾個月沒和他講過話了。靠得近離得遠。

「很好，你呢？」

「非武裝區的狀況如何？」

「什麼？」

「我今早和媽通過電話，她說你和潔西卡要去吃晚餐，所以我想最好還是打個電話來，以防萬一。」

「萬一？」

傑佛瑞停頓了一會後說：「聽著，小波，我們不太聊天，我是不在意啦。我的意思是，每次我們難得有機會說說話後，我總會告訴瑪莉蓮我有多開心，多希望以後也能常聊聊。但看來未能如願，沒問題，這我能接受。可是昨天晚上我想了很久。最近我和一位住在俄亥俄州的客戶捲入一場很難纏的官司，聽證會在俄亥俄州當地舉行，所以我拿出了地圖，這讓我想起好久以前你和小樹……總之呢，我和媽通了電話。她以為我是站在她那邊的，但其實不是，我只是不想惹出風波，切斷了你們和家人的溝通管道，你和潔西卡有天可能會需要的。我只是打電話來告訴你這一點。好不容易，這次終於沒被轉到你的電話答錄機了。」

「我不太懂你的意思。」

「我只是打電話來說，我支持你，你們這樣是值得的。」

「支持我什麼？」

「好吧，你就是不能讓人輕鬆點，沒關係，我不在乎。不管爸和媽怎麼想，我支持你，支持你和潔西卡。因為——我聽起來很像練習過很久的對吧？我真的練習了很久——因為我一直很崇拜你，你知道的，我大學那些年的瘋狂生活，原本是弟弟的你，卻像哥哥一樣。我把你當作我的地圖，因為你總是知道自己要去哪裡，想要什麼，即便是不被旁人所接受的。我是說她，她一直是你唯一的目標。你是有目標的人。我並不後悔自己過去的荒唐，但現在我已經安定下來，結了婚，有孩子，有穩定的收入，全都符合猶太人的傳統，因為我改邪歸正了。總之呢，我只想告訴你，我支持你，支持你們兩個。」

我沒有回答。

「好吧，小波，大概就是這樣了。祝你們晚餐愉快，」我猶豫地握著話筒。「幫我向潔西卡打個招呼。那就這樣，再——」

「傑佛瑞。」

「什麼？」

有一門功課，因為總感覺不是太重要，所以我們一直沒有學好。當你認識一個很有意思的新朋友時，你會說：「近期再找機會碰個面吧。」而且在說的當下是真心誠意的。然而，你的哥哥，這個和你有血緣關係的家人，長期以來卻像是陌生人一樣。不過還好，如果你願意的話，你永遠可以相信這位陌生人所釋出的善意。這麼多年來，我終於有了這樣的衝動。

「傑佛瑞。」

「什麼？」

「謝謝。」

他安靜了一會，但我可以感覺他點了點頭。「不客氣。」

「再見。」

「再見，小鬼。」

「妳想吃哪裡，牛腱肉好嗎？」媽媽切割著烤牛肉。「小波最喜歡牛腱的部分。他說脆脆的，我想大概是哪個電視廣告上看來的。他最喜歡牛腱，因為吃起來脆脆的，小波，你還記——」

「我記得。」

「看起來都好美味，夏洛特，隨便妳給我什麼都可以。」

「難怪，」爸爸說：「看看妳嫁給了誰。」

「戴夫……」

「我在開玩笑，親愛的，天啊——」

「看起來都好美味。」我說。

「他也在開玩笑嗎？」媽媽看著潔西卡說：「他這是在諷刺嗎？我都已經分辨不出來了，他會拿心理學來捉弄我們。是嗎，小波？你是不是用心理學來捉弄我們？」

「我只騙得到想被騙的人，願者上鉤囉。」我說。

「聽得我頭都昏了。」她往爸爸的盤子裡放了兩片肉。「你又把你可憐的老媽頭都攪昏了，小波。」

我沒說話，她盯著大盤子裡的烤肉好一會，然後對潔西卡聳了聳肩。

「沒有瘦一點的嗎？」爸爸說。

「那給我吧，我可以——」

「算了，親愛的。」他轉過頭看著我。「那你最近和肯尼碰過面嗎？凱蒂和孩子們怎麼樣？我好喜歡他們的小孩。」

「搬新家了。」

「他們買了新房子？房子怎麼樣？什麼時候搬的？」

「上星期。他們舊房子賣了三十八萬五千，然後用七十萬買了新房子。」

「在哪裡？」

「事實上房子不是新的，我的意思是對他們來說是新的。」

「所以他們沒有買新房子。」

「我的意思是，不是新的房子，曾經是新的，現在不是了。不是你們以為的，買新房子就是新的新房子——」

「看吧，」媽媽說：「心理學就是這樣，他比他的病人還神經兮兮。」

「我會送他回精神病院。」潔西卡說。

一切突然靜止不動。沉默像是降落傘一般從天而降，所有人都盯著潔西卡，她努力忍著不臉紅，但那是種無法自主的反應。她藉口告退，離開了餐桌。

「他原本可以賣更好的價錢，可是凱蒂急著想——」

「世事往往功虧一簣。」媽媽說：「說這種話真是太不恰當，她應該知道的。」

「知道什麼？」我說。

「那不是該拿出來談的話題。那是歷史了，是二十多年前發生的事情了——」

「膝蓋別一直抖。」爸爸對我說。

「媽……」

「畢竟是她把你送進去的。」

「閉嘴，沒有人送我進——」

「注意你的用詞，孩子。」

「對不起。可是潔西卡沒有任何——」

「你還認得我是你媽吧。」

「對不起。但這不是她的錯。如果真的有錯，也是她媽媽的錯。看在上帝的份上，是你們的錯——」

「都是父母的錯，小孩都沒錯，是這樣嗎？」

「不是這樣，我的意思是——算了，妳說得對，那是二十多年前的事了，陳年舊事，別提了。」

「我的錯？」

我很想說，是妳簽的字，但我還要顧慮另外一個人。浴室傳來水聲，我忍不住想像那是為了掩飾哭泣的聲音。我試著平靜下來吃飯。

「這裡是你的肉汁，」媽媽說著，將醬汁盅推向爸爸。

「所有人都在搬家。」他說。

「什麼？」

「所有人都把房子賣給黑鬼，然後搬家了。」

「我們是這附近唯一還留下來的。」媽媽說：「這樣很好，真的。」

我小時候常聽到她在廚房邊跳邊唱某一首歌：「你的嘴巴告訴我不要不要，你眼睛裡說的卻是要要要。」她唱反了。她嘴巴上講的總是好好好，但心裡其實一點也不好。她唱的永遠是快樂的歌，但總是哭著唱的。我就是這樣學會說謊的。

「你的大學生活原本應該精采萬分的。」媽媽說。

「什麼？」

「本來就是啊，你原本可以像傑佛瑞一樣最後加入兄弟會，遇見一個好女孩的。」

「我是遇見了一個好女孩。好到我快配不上了。」

「但結果你跑遍全國，追到這個回來，好讓她折磨你。你在大學時還得去看心理醫生，連到了大學，她還要送你進——」

「親愛的，都叫妳閉嘴了。」

「你幹嘛站她那邊？我看你也迷戀上她了。」

爸爸站了起來，媽媽伸手遮住眼睛好一會，然後起身到爐邊去拿東西。潔西卡從浴室出來了，她臉上帶著微笑。

「我喜歡那間浴室，」她說：「夏洛特，妳的品味真的很好。」

「真會說話。」

「永遠都是那麼一塵不染。」

「我們請了個女孩來幫忙打掃。」

潔西卡坐回餐桌邊。「聽到了嗎，小波？我們要不要也請個小女傭來打掃？」

「不要，我反對奴隸制度，我可以負責自己那一半的打掃工作。」

「年輕人就是這樣，」媽媽端著幾盤新菜回來。「要是我還能忙得過來，我一定——」

「沙拉呢，親愛的，有沙拉嗎，還是……」

她碰了一下自己的額頭。「看看我這腦筋……」然後走到冰箱旁邊。

「還有孩子們要的水，親愛的。」

「水我也忘記了嗎？我不知道你們怎麼想，但我看我是開始變老了。」

潔西卡曾經告訴過我，隨著年紀老化，你會眼睜睜看著自己變老，卻無法阻止。你知道自己會忘東忘西，東西放錯位置，但你除了難過，什麼都無能為力。痛苦的是過程。她說，死掉沒什麼痛苦的，痛苦的是沒辦法開開心心地到達死亡終點。

婚禮那天她告訴我，她非常迷戀意外的感覺，原本循序漸進的事情突然間變成意外的那種感覺。從你小的時候開始，你的爸媽就永遠是那樣沒變過，也許頂多添了些灰頭髮，然後某天你發現他們端杯子的手開始發抖，他們就在瞬間變老了。潔西卡告訴我，她不害怕在車禍中死亡，恐怖的是躺在路邊等待救護車的感覺。

「肯尼最後房子賣了多少錢？」爸爸問。

「三十八萬五。」

媽媽裝滿一大玻璃壺的水，搖搖晃晃地想端到流理台上。潔西卡站起來想幫忙，但媽媽不准她插手。

「生意怎麼樣？」爸爸問我：「有什麼需要嗎？」

「沒有，爸，我什麼都不需要。」我說。然後不知為什麼，我又接著說：「那你呢？有什麼需要幫忙嗎？」

他手上夾沙拉的動作停了下來，盯著我看。

「什麼意思？」他問。

「我的意思是，一切都還好嗎，收支是不是平衡，需不需要幫忙？」

「這是一個兒子該問老爸的問題嗎？」

潔西卡曾經建議我發小費給我爸媽，讓他們知道我現在過得真的不錯。我媽媽接過我的外套，兩毛五，吃完飯，桌上留一塊。要離開前塞一張五塊鈔票到我爸手裡，說：「好好照顧自己。」

沙拉灑得滿桌都是。他的尷尬是如此明顯而可悲。

「這些該死的東西……」他突然猛力想折斷沙拉夾，但沒有成功。那沙拉夾的年紀都比我還大了。他一直閃避著我的目光，直到一聲碎裂聲傳來，我們低頭發現腳踝都濺濕了。

媽媽掩著嘴站在那裡，眼睛瞪得大大的，玻璃壺掉在廚房的磁磚地上，玻璃碎片都噴到桌子底下來了。

「該死！」爸爸大吼：「妳幹嘛不他媽的滾遠一點算了，親愛的，妳不在我們還比較安全。妳簡直像個七老八十的老太婆，要我幫妳推輪椅嗎？」

「沒什麼大不了的。」潔西卡喃喃地說，站起身來去拿掃把，但被媽媽一把搶走。

「在我家，我自己來。」她說。

潔西卡坐回桌邊，我坐立難安，不知該跟誰說話，也不知該說什麼。爸爸早已扔開那把沙拉夾，正滿臉通紅地挑揀著自己盤裡的食物。媽媽掃著地。我坐著沒動。她將拖把拖過我們的腳邊。潔西卡看著我，我很想帶她逃離這裡。爸爸一點點撿起四散在桌上的萵苣葉，媽媽坐回座位，大概有十分鐘，完全沒有人說話。媽媽拿出今晚的甜點，是萊姆派，她將一疊盤子推向潔西卡的方向，這動作是聯盟的意思。潔西卡幫她盛放甜點，分給大家。我沒說話。

「非常好吃。」爸爸說。

「有一點淡。」媽媽說。

潔西卡幫忙清理，我自告奮勇負責將碗盤放進洗碗機裡。爸爸去房間看新聞去了，媽媽則上樓去摺毛巾。

爸爸曾經告訴過我，媽媽的媽媽很討厭他，因為她覺得他對她女兒很壞。他說，她不了解愛有很多種表現形式。可是很奇怪，在她所有女婿中，她只肯搭他的車，因為她雖然討厭他，同時卻也信任他。

7

我抱住潔西卡，深深地吻她。

等洗碗機全裝滿後，我們走到衣櫃旁去取外套。

「天啊！」媽媽在樓上喊，急急地走下樓來。「你們看看外面。」

窗外大雪紛飛，我們的車子已經完全被埋在積雪裡。

「注意聽。」爸爸在房間裡把電視音量轉大，正在播報氣象。

「你們不能在這種天氣開車回家，」媽媽說：「等於是送死。」

「那我們該怎麼辦？」我問。

「還是開開看吧。」潔西卡說。

「不行。」媽媽說。

我們四個在窗前排成一列，看著外面一個個雪堆被風越吹越高，風呼嘯著穿進了百葉窗。有輛車才剛開過我們家前面，突然就停在路中央，動彈不得。

「留下來過夜吧。」媽媽說：「小波房間的床單我才剛換過。」

一切都沒改變。我們打開門，低聲輕笑著走進房門，在房間裡四處轉，查看各種特別的東西：抽屜裡的物品、牆上的東西、鏡子上的東西。一隻填充動物娃娃、照片、我們自己。同樣的氣味。藍色的地毯，紅色燈芯絨床單。同樣的燈，牛仔還在上面，在我還是小男孩的時候，他們會隨著我的想像移動，好幾個小時不離不棄地從上面望著我，直到我在他們的營火邊睡著為止。

潔西卡從沒來過這個房間。

當燈光全暗，角落櫥櫃頂上的陰影膨脹為黑夜怪物之際，我常在心裡跟她說話。在想像的故事中，我會不停和她說話，讓她不要害怕。每天晚上，我都靠著拯救她來讓自己感覺安全。

她指著壓在抽屜櫃玻璃下面的一張照片。

「這是你嗎？我不記得你是矮矮胖胖的。」

那是我九歲的時候。「當時妳不在這裡。」照片是我從兒童託管中心回來的那天照的。我就是從那天開始，不停地追逐她。

「是嗎？真的是你？你是這樣胖胖的嗎？」

「妳忘記我的樣子了嗎？」

「我……？」

她微笑盯著我瞧。我坐在床上，頭上的相框裡有三個穿著運動衫、在籃球架前互相推擠的籃球員。這照片始終掛在那裡。

「妳忘記我的樣子了嗎，潔西卡？」

「嗯，那是很久以前了，很久很久——」

「我是指那時候。當時妳還記得我的樣子嗎？」

「我不懂。」

我點點頭。爸媽正經過走廊，躡手躡腳地溜進他們自己的房間。他們輕聲對彼此說著禮貌的好聽話：好夢，睡得香。那是在婚姻中已排練了無數次的謊話。

「我曾經忘記妳的樣子。」我靠在枕墊上。「晚上我常哭著入睡，因為我沒辦法在腦海中看見妳，沒辦法看見妳的臉。我會整晚不停打自己的頭，拿拳頭用力壓著眼睛。很好笑，小時候你會以為看見東西的是眼睛，但妳的樣子一直沒有再回來過。我媽媽帶我去剪頭髮時好尷尬，她沒辦法向理髮師解釋我頭皮上的瘀青是怎麼回事。」

潔西卡抱著胸，仔細地端詳我。我微笑，但我沒辦法看她。

「當時我無法理解那個過程，妳知道，就是在心中的眼睛裡讓事物的形象具體化的過程。我不懂要怎麼在心裡看見東西，這快把我搞瘋了。或許就是因為這樣，我才會開始尋找妳吧。妳媽媽告訴過妳那件事嗎？」

「沒有，哪件事？」

「我想那算是某種形式的失明。」

「什麼事？」

我將手肘靠在膝蓋上。「或許，可以稱之為『精神與視力的相互協調』，這拿來做論文題目還不賴吧？」

「小波，什麼事？」

我告訴她，從兒童託管中心回家的隔天我跑去找她，結果在北地園遇見她母親。這故事顯然讓她受寵若驚，至少她看起來很開心。她對我做出那種「我愛你」，但實際意思是「我愛我自己」的表情，不過這表情放在她臉上很可愛，或許只是我自己的想像。

「她從來沒告訴過我。你怎麼也沒說過呢？」

但我有點恍惚，沒回答她。她自得其樂地拿起櫃子上的東西，看看後又放下。棒球、四十五轉唱片、各個年代的產品、串珠長項鍊、橡皮，都是些普通男孩房間常見的東西。

她瞥了我一眼。「我很驚訝，竟然還有我不知道的事。」她說。

「現在妳全知道了。」

「真無聊。」

「是啊，真無聊。」

隔著牆，我能聽到爸媽準備上床睡覺的模糊低語聲。想到他們做愛，會讓我有噁心的感覺。潔西卡把棒球弄掉到地上。

接著，她把串珠項鍊拿在手上把玩，可能是想到我也曾經有過嬉皮的年代，露出了微笑。她輕笑著把項鍊纏在手指上，拉得緊緊的，直到手泛青色後才鬆開。

「潔西卡，妳曾經忘記我的樣子嗎？」

「從來沒有。」

這不是實話。我無法忍受故作天真，畢竟這問題是牽涉到我自己。她彎下腰撿棒球，我有種衝動想把球踢開，但等她站直起來，我發現她在哭。

「我爸爸下葬那天，我看見你冒著雨在我家前面站了一天。」她把棒球抵在胸口。「你完全不知道我看見你站在那裡了。你的雨衣太大，袖口都垂下來，你的臉被帽子遮得幾乎看不見。但我看見你了。你像一個小士兵一樣站在雨中，在我父親過世後，站在那裡守護著我。我怎麼可能沒看見你？」她將棒球放回櫃子上，用手護著確定它不會滾動。「我怎麼可能忘記你，小波？」

我的胸口彷彿有一隻小小的手在用力擠著。「我想妳可能會需要我。」

「我是需要你。」

那隻手逐漸往下，捏住我害怕時會緊縮的地方。

「妳現在需要我嗎？」

不要問可能會讓自己受傷的問題。潔西卡伸手在空中畫了一圈。她轉身背對我，棒球微微動了一下，沿著玻璃滾落，彷彿地球沉入了黑暗中。

「不需要。」

我感覺自己像是死了一樣。過了六秒鐘後，我點點頭，垂下了眼睛。

「嗯，」我無法說出真心話。「很好，妳一直擔心自己的獨立性，妳覺得我們太相互依賴了。」

她啪地伸手擦掉臉上的淚水，幾乎有點暴力地往裡擠，而不是往外擦。她用力吸吸鼻子，仰起頭，做了個深呼吸。

我繼續說：「我的意思是，這樣很健康。這樣很好，妳不用受制於傳統的角色……」但我說不下去了，因為她沒有在聽，我也不是真心在說，這只是我腦子裡的錄音帶在播放而已。說話的人是我，也不是我。

「我很高興，」她說著轉過身來。「最近有很多人在討論獨立，但大部分只是嘴上說說而已。我們能說到做到，真的很棒，值得與你的病患分享。」

我點點頭。我會常常用手來說明演示。我會舉起兩隻拳頭，稱它們為一對伴侶。當我說：其中一個依賴另一個時，它會緊緊抓住對方，或設法讓對方緊緊抓住自己——我用一隻手包住另一個拳頭；當這樣的關係結束——我分開兩隻手，一隻是赤裸沒有保護的拳頭，另一隻屈起的手中間有個空洞；這時世界上又多了一個受害者，無人保護、支持，而另一個人心中則留下了一個洞。我說，一段健康的關係，是兩個獨立自信的拳頭，因為自主的選擇而連結在一起，等分開時，仍然是兩個完整的拳頭。

我點點頭。

「很好。」她又重複一次。

我對她擠擠眼睛，她也點點頭。我們兩個人茫然地環顧四周，對著各種不同的物件擠出微笑的表情。正當我盯著鏡子看的時候，她說：

「你看不出來我在說謊嗎？」

我看著鏡子裡自己的反應，但我下意識的反應是轉頭看她，因此看不見自己，於是又急忙轉回頭。

我連自己的手都找不到了，滿臉通紅起來。面對這樣的場景，她微笑起來，寵溺加上責備的表情，像是看著一個貪玩而陷入困境的小嬰兒。她輕輕碰了下我的臉，等我轉頭想吻她的手時，她已經將手抽開。

「尷尬的表情很適合你。」

「謝謝。」

我雙手放在膝蓋上，互相輕拍著，像個守規矩的小男孩。雙手放在膝上是有禮貌，放在下巴上是驚訝，舉高過肩膀是洋洋得意。我將雙手壓在大腿下面。

「我也是，」我說：「我也在說謊。」

她點點頭。她知道我的手除了抱住她，放在哪裡都不自在。

她走到窗邊。窗外下著濃重而寂靜無聲的大雪，每顆雪花都不一樣，像是一顆顆在風中翻飛的蕾絲小花。她的冷靜是我最害怕的，和我的意義完全不同。我的冷靜，意思是這些我全看過，她的冷靜，我看不透。

「你就這樣站在雨中，」她低聲說：「我怎麼會忘記你？」

我感覺胃像是結冰了一樣，而且一點一點凍住血管，往上面的胸口和底下的腸子蔓延。

「這是妳想要的嗎？」我的聲音沙啞。

她看著窗外，點頭。

我閉上眼睛。小小的淚滴掛在我的睫毛上，但沒有落下。

「我不是迷路的小男孩。」她說。我張開眼睛，困惑地看著她為我說出了這句話。

「我曾經是，但現在不是了。」

她盯著窗外看了好久好久。我不知道該怎麼辦，我坐在童年時的床上，感覺外面的寂靜像是鋼一樣壓著我的太陽穴。我抬頭看潔西卡，發現她的嘴唇在動，很慢，但我能聽見她的聲音。她在唱歌。

「……只要想想美好的事情，
你的心就會展翅高飛……」

在她身後的牆上，有一張野馬群在空曠草原上狂奔的畫。那是我九歲時，郵購來的，是《遊行雜誌》的封底。最大的那匹馬正盯著她看，牠瞪大的眼睛裡滿是狂野的獸性。

「……若你待在那裡將會發現寶藏，
比黃金還珍貴的寶藏……」

一陣強風吹得窗玻璃乒乓作響。就是在這樣的夜晚，育嬰室的窗戶打開，彼得潘飛了進來。當我目光移回那張照片上時，發現那匹馬現在換成盯著我看。

「……只要找到來這裡的路，

你就永遠，永遠不會變老。」

我站起來。

抱抱猴坐在櫃子頂端，背靠著鏡子，面無表情地看著房間。我撿起那顆棒球，朝牠滾過去。牠沒有及時逃開，球打中牠，牠死了。

我關上通向走廊的門。

我小時候以為影子是黑色的，後來才知道原來影子沒有顏色，不過畫畫時還是畫成黑的。我看著自己的影子，貼在床後面的牆上，我用手指做出兩隻狗，讓牠們在我前面向前跑，追上了她，追上她的影子——現在留在我房間裡的好像只剩她的影子。我用手的影子，抱住她的影子，這是我這輩子演練過無數次的動作——潔西卡，在我的細胞裡。

「我愛妳。」我說：「我們需要彼此。」

她點點頭。「永遠。」

「對。」

她閉上眼睛。「在我們的『永不變國度』。」從黑色的窗玻璃上，我看見位在我們後方的鏡子，鏡子裡有抱抱猴的倒影，俯倒在那顆棒球旁邊。我吻潔西卡，她移開了。

「你對你爸媽太凶了。」她說。突然間的話題轉變讓我措手不及。

「什麼？」

「他們是好意。」

「是嗎？」

「是。」

「所以今晚妳才不得不離開座位？」

「我表現得像個小孩。」

「妳不是小孩。」

「我們都是小孩，小波。在這屋子裡，在這個街區，在這個……」

「永無島53？」

「永遠。」

「妳在做什麼？妳現在要做什麼？」

她看著我，不知是出於害怕或是憤怒，瞪大了眼睛，然後眨眨眼，又恢復了正常。

「我不知道。」

然後她突然一副恍然大悟的表情，繼續說：「反正我們最終也會變成他們那個樣子，何必反抗呢？發生在我們身上的所有場景、事件，在日復一日後，也會越縮越小，變成像他們那樣。但至少我們現在要轟轟烈烈。」

「妳瘋了。」

「被你傳染的。」

當問題關係到自己時，人很難保持客觀，但我很清楚她是在利用這一點。

「潔西卡，說出妳心裡的想法。」

「那你猜猜看我心裡在想什麼，小波，這是你的專長。」

「對妳沒辦法。」

她從口袋裡掏出一枚硬幣，向我丟過來。我讓它直接打中我胸口，然後掉到地板上。

她撿起硬幣，放在我的膝蓋上。

「現在……」

「現在幹嘛？」

我全是裝出來的。我也在說謊。我的胃糾結到讓我幾乎站不起來。當我站起來的時候，可以感覺到自己在冒汗，不是因為熱的緣故，是因為面對這場像是面試一樣的困境，而產生的焦慮不安。我知道自己正在面試，爭取她的愛，或者應該說，爭取我們的未來。我一點機會都沒有，她已經在瞬間做出了決定。我可以從她的呼吸感覺得出來。我開始哭

---

53 Never-never Land，《彼得潘》裡，一個小孩永遠不會長大的國度。

了起來。

「別這樣……」她說著閉上了眼睛。這是因為忽然對孤單感覺到害怕，她希望被擁抱，又害怕被擁抱。某些事情在突然間是不被允許的。我們結束了嗎？我抱住我所能找到最靠近她的東西——我自己。

「小波，」她看著我在黑色窗戶上的倒影。「天啊，一定要讓我說出口嗎？」她轉頭看我。「這只是我們之間誰先堅強起來的問題，如果你沒辦法，就由我來。」

「堅強起來做什麼？」

「拯救我們的生命。」

我用力地搖搖頭，轉身背對她。

她繼續說：「這樣下去我們都會死，你知道的。有可能是慢慢的，花一輩子的時間，但那樣更糟。」

「或許去面對才是勇敢。這樣認輸太懦弱了。」

「繼續下去才是認輸。忍受反而是比較輕鬆的選擇，看看你爸媽。堅強，應該是去反抗，應該是選擇活下來，」她停頓了一會。「應該是選擇離開。」

我抱緊自己的頭，坐了下來。房間對面那群野馬狂奔過我的腦袋，馬蹄踐踏著我的腦殼。牠們每一個都是潔西卡。

「我寧願死。」我說。

她說：「我不想。」

她一定是被誤導了。我要保持清醒。在分析某個親近的人時，客觀是最重要的，這是可以靠著練習達成的。有經驗的治療師為了病患好，會學習從自己的感覺中脫離出來。佛洛伊德詳盡地解釋過移情作用，你需要費很大力氣才能做到無動於衷。在這個案例中，情況是如此荒謬，像是誇張的戲劇情節……

我附近有人在尖叫。刺耳的聲音讓我失去了平衡。我的額頭撞到桌角，全身癱軟由床鋪往旁邊滑落到地板上。呻吟聲越靠越近，像是要穿進我的腦袋，我感到一陣巨大的痛楚，但搞不清楚狀況，直到我看見手上的齒痕，才發現是我自己咬的。我像是站在自己的身體上方，看著這一切，看見我跪坐起來，拳頭不斷捶地。「不要這樣對我！」我將拳頭往自己眼窩裡塞。「我愛妳，我一直都——」

她就在旁邊，從各種角度試著想抱住我，但我不讓她抱，我把她的手從我身上撥開。「天啊，為什麼我們要自相殘殺？」我舉起椅子丟向牆壁，牆上的畫掉下來，畫框玻璃像油一樣粉碎，碎片像成千上萬的老鼠般往我身邊噴滑過來。我縮到桌子底下，她伸手要碰我，我躲開，然後趴下開始啜泣，劇烈地乾嘔，我的喉嚨像是塊生肉一樣發出低沉的怒吼，強烈地收縮，我知道我是想把自己的心嘔出來。

潔西卡將我拖出來，推到牆邊，在我身邊坐下。我一隻手緊緊抓著她，一隻手打她。有上癮症的人就是這樣，他們會鄙視唯一能讓他們活下去的東西。

「我在這裡，」她說：「我在，我在。」

我壓著她，癱在地板上，面朝著天花板。我突然間擔心起自己是不是壓壞她了，她會不會痛。我想開個玩笑，證明自己很好，但我的確不好。

我陷入了沉默。她將我抱在大腿上，我的呼吸緩和下來，漸漸與她變得一致，上上下下地起伏著。她將手蓋在我眼睛上。我輕輕地點點頭。在我腦海深處響起了一首歌，帶著點唱盤的沙沙聲，六〇年代一首關於車子的歌：

醫生，我記得的最後一件事，
是我正準備轉彎，
然後就看見跑車
滑進了彎道。

我枕在她的大腿上，開始微笑。潔西卡低頭看我。她將我眼睛上的頭髮輕輕撩開，然後皺緊了眉頭。床頭燈的光線從後方打在她身上。她看起來好像電影明星，我的夢中情人。

「怎麼了？」她好奇地問。

在我眼睛後方，一根唱針升起，緩緩降在一張脆弱的黑色老唱片上。

我永遠無法忘記那可怕的景象，

那天晚上，我發現

原來大家說得對。

我吃吃傻笑起來，突然被喉嚨裡的痰嗆到，咳了好一陣。我咳出血來，她抱住我，直到咳嗽緩和。

「怎麼了？」

我抬頭，微笑地看著她，然後唱了出來：

「**死亡彎道，無人可生還。**」

她露出微笑，吻了我。我張開眼睛，看著她。

原來大家說得對。

8

沒有人比我們擁抱得更緊，哭得比我們更絕望，在明明無話可說之後，還要努力找話來說。對於自己，對於彼此，我們早就了解通透了，只是不願放棄，努力想分辨出差異。

我們哭了又哭，直到我們理解，這眼淚永遠不會終止。

我們花了太久才走到終點，因為中途為了想繼續，太常停下腳步。

她已經再婚六個月了。我很好奇，不知她現在開的是什麼車。

我大部分時間都在大都會少年中心，多半都在陪伴類似那個犯了強暴罪的小男孩的案例。結果事實證明，這比較是認知的問題，是屬於他的認知，我的認知，他們的認知。

昨天晚上，我從無夢的好覺中驚醒，好像聽到床底下傳來聲音。我查看了一下，發現除了一直藏在那裡的日記本之外，什麼也沒有。我將日記拿出來，放到書桌上，打開日記本，動筆寫了起來。我寫下了這所有一切，而且現在還繼續著。

當我抬起手，頁面自動翻了起來，一直翻到接近最開始的某一頁，已經泛黃老舊的紙面上，是一個孩子的筆跡，寫著：

我晚上做了一個夢。每次都是同一個夢。我正在過馬路，離家很遠的一條馬路，像夏令營那樣。我在馬路中間停了下來，我自己也不知道為什麼。我抬頭看，什麼都沒看見。

然後我聽到了。有個聲音，從很遠的地方傳過來。是車子的聲音，我看不見車子，還是看不見，然後突然間就看到了，是藍色的。車子一直開過來，我站在路中間，車子越變越大，聲音好響，撞在我的耳膜上。我站在路中央，就一直站著，站著。

就在車要撞到我的時候，我醒了。

等我醒過來，我感覺好孤單。我躺在床上，抱著毯毯。我想重新再睡，可是睡不著。我很害怕，因為我自己一個人。

然後我做了一件事。我把枕頭放到旁邊，假裝它是某個人。我看著它，用手摸摸它，抱住它。我叫它：潔西卡。

然後我說話，用八歲小女生的聲音一遍又一遍地說：

我在這裡，小波，我在，我在。

國家圖書館預行編目資料

九歲時，我殺了愛／霍華・布登（Howard Buten）著，殷麗君譯.
-- 初版. --臺北市：寶瓶文化, 2013. 11
面； 公分. --（Island；211）
譯自：Reckless Driving
ISBN 978-986-5896-47-8（平裝）

876.57　　102020357

Island 211

九歲時，我殺了愛

作者／霍華・布登（Howard Buten）　譯者／殷麗君
外文主編／簡伊玲

發行人／張寶琴
社長兼總編輯／朱亞君
主編／簡伊玲・張純玲
編輯／禹鐘月・賴逸娟
美術主編／林慧雯
校對／禹鐘月・陳佩伶・吳美滿
企劃副理／蘇靜玲
業務經理／盧金城
財務主任／歐素琪　業務助理／林裕翔
出版者／寶瓶文化事業有限公司
地址／台北市110信義區基隆路一段180號8樓
電話／(02)27494988　傳真／(02)27495072
郵政劃撥／19446403　寶瓶文化事業有限公司
印刷廠／世和印製企業有限公司
總經銷／大和書報圖書股份有限公司　電話／(02)89902588
地址／台北縣五股工業區五工五路2號　傳真／(02)22997900
E-mail／aquarius@udngroup.com

法律顧問／理律法律事務所陳長文律師、蔣大中律師
如有破損或裝訂錯誤，請寄回本公司更換
著作完成日期／一九八四年
初版一刷日期／二〇一三年十一月
初版四刷日期／二〇一三年十一月十二日

ISBN／978-986-5896-47-8
定價／三〇〇元

愛書人卡

感謝您熱心的為我們填寫，
對您的意見，我們會認真的加以參考，
希望寶瓶文化推出的每一本書，都能得到您的肯定與永遠的支持。

系列：Island211　　**書名：九歲時，我殺了愛**

1. 姓名：________________　性別：□男　□女
2. 生日：_____年_____月_____日
3. 教育程度：□大學以上　□大學　□專科　□高中、高職　□高中職以下
4. 職業：______________
5. 聯絡地址：______________________________________

   聯絡電話：________________　　手機：________________
6. E-mail信箱：________________________________

   □同意　□不同意　免費獲得寶瓶文化叢書訊息
7. 購買日期：_____ 年 _____ 月 _____日
8. 您得知本書的管道：□報紙／雜誌　□電視／電台　□親友介紹　□逛書店　□網路

   □傳單／海報　□廣告　□其他
9. 您在哪裡買到本書：□書店，店名__________　□劃撥　□現場活動　□贈書

   □網路購書，網站名稱：____________　□其他__________
10. 對本書的建議：（請填代號　1. 滿意　2. 尚可　3. 再改進，請提供意見）

    內容：________________________

    封面：________________________

    編排：________________________

    其他：________________________

    綜合意見：____
11. 希望我們未來出版哪一類的書籍：________________________________

讓文字與書寫的聲音大鳴大放

寶瓶文化事業有限公司

（請沿此虛線剪下）

廣 告 回 函
北區郵政管理局登記
證北台字15345號
免貼郵票

寶瓶文化事業有限公司　收

110台北市信義區基隆路一段180號8樓

8F,180 KEELUNG RD.,SEC.1,

TAIPEI.(110)TAIWAN R.O.C.

（請沿虛線對折後寄回，謝謝）